徐志摩　林徽因◎著

Goodbye Again, Cambridge! &
You Are the April on the Earth

再别康桥·人间四月天

湖南文艺出版社
HUNAN LITERATURE AND ART PUBLISHING HOUSE

图书在版编目（CIP）数据

再别康桥·人间四月天 / 徐志摩，林徽因著 .
——长沙：湖南文艺出版社，2011. 3
ISBN 978-7-5404-4792-2

Ⅰ . ①再… Ⅱ . ①徐… ②林… Ⅲ . ①诗歌—作品集—中国—现代
Ⅳ . ① I226

中国版本图书馆 CIP 数据核字（2011）第 010848 号

上架建议：青少年阅读·经典名著

再别康桥·人间四月天

作　　者：徐志摩　林徽因
出 版 人：刘清华
责任编辑：薛　健　丁丽丹
整体监制：吴成玮
策划编辑：庄丹霞
版式设计：风　筝
封面设计：张丽娜
出版发行：湖南文艺出版社
（长沙市雨花区东二环一段 508 号 邮编：410014）
网　　址：www.hnwy.net
印　　刷：北京京都六环印刷厂
经　　销：新华书店
开　　本：880×1230　1/32
字　　数：100 千字
印　　张：12
版　　次：2011 年 3 月第 1 版
印　　次：2015 年 6 月第 4 次印刷
书　　号：ISBN 978-7-5404-4792-2
定　　价：25.00 元

（若有质量问题，请致电质量监督电话：010-84409925）

目录
CONTENTS

再别康桥

徐志摩 卷

人间四月天

林徽因 卷

附录

再别康桥

徐志摩 卷

草上的露珠儿

草上的露珠儿
　　颗颗是透明的水晶球，
新归来的燕儿
　　在旧巢里呢喃个不休；

诗人哟！可不是春至人间
　　　　还不放开你
　　　　创造的喷泉，
嗤嗤！吐不尽南山北山的璠瑜，
　　　　洒不完东海西海的琼珠，
　　　　融和琴瑟箫笙的音韵，
　　　　饮餐星辰日月的光明！
诗人哟！可不是春在人间，
　　　　还不开放你
　　　　创造的喷泉！

这一声霹雳
　　震破了漫天的云雾，
显焕的旭日
　　又升临在黄金的宝座；

柔软的南风

　　吹皱了大海慷慨的面容，
洁白的海鸥

　　上穿云下没波自在优游；

诗人哟！可不是趁航时候，

　　还不准备你

　　　　歌吟的渔舟！
看哟！那白浪里

　　　　金翅的海鲤

　　　　白嫩的长鲩，

　　　　虾须和螃脐！
快哟！一头撒网一头放钩，

　　　　收！收！
你父母妻儿亲戚朋友

　　享定了希世的珍馐。
诗人哟！可不是趁航时候，

　　还不准备你

　　　　歌吟的渔舟！

诗人哟！

　　你是时代精神的先觉者哟！

　　你是思想艺术的集成者哟！

你是人天之际的创造者哟！

你资材是河海风云，

鸟兽花草神鬼蝇蚊，

一言以蔽之：天文地文人文；

你的洪炉是"印曼桀乃欣"[1]，

永生的火焰"烟士披里纯"[2]，

炼制着诗化美化灿烂的鸿钧；

你是高高在上的云雀天鹨，

纵横四海不问今古春秋，

散布着希世的音乐锦绣；

你是精神困穷的慈善翁，

你展览真善美的万丈虹，

你居住在真生命的最高峰。

1 印曼桀乃欣：英文"imagination"的音译，意为想象。
2 烟士披里纯：英文"inspiration"的音译，意为灵感。

笑解烦恼结（送幼仪）[1]

一

这烦恼结，是谁家扭得水尖儿难透？

这千缕万缕烦恼结是谁家忍心机织？

这结里多少泪痕血迹，应化沉碧！

忠孝节义——咳，忠孝节义谢你维系

    四千年史髅不绝，

却不过把人道灵魂磨成粉屑，

黄海不潮，昆仑叹息，

四万万生灵，心死神灭，中原鬼泣！

咳，忠孝节义！

再别康桥·徐志摩卷

1 1922年3月，徐志摩与张幼仪在德国柏林离婚。此诗写
于同年6月，发表于1922年11月8日《新浙江报》副刊
《新朋友》上。同时发表的还有一篇《徐志摩、张幼仪
离婚通告》。

二

东方晓，到底明复出，

如今这盘糊涂账，

如何清结？

三

莫焦急，万事在人为，只消耐心

　　共解烦恼结。

虽严密，是结，总有丝缕可觅，

莫怨手指儿酸、眼珠儿倦，

可不是抬头已见，快努力！

四

如何！毕竟解散，烦恼难结，烦恼苦结。

来，如今放开容颜喜笑，握手相劳；

此去清风白日，自由道风景好。

听身后一片声欢，争道解散了结儿，

　　消除了烦恼！

青年杂咏

一

青年！

你为什么沉湎于悲哀？

你为什么耽乐于悲哀？

你不幸为今世的青年，

你的天是沉碧奈何天；

你筑起了一座水晶宫殿，

在"眸冷骨累"（melancholy[1]）的河水边。

河流流不尽骨累眸冷，

还夹着些些残枝断梗，

一声声失群雁的悲鸣，

水晶宫朝朝暮暮反映——

映出悲哀，飘零，眸子吟，

无聊，宇宙，灰色的人生，

你独生在宫中，青年呀，

霉朽了你冠上的黄金！

1 melancholy：忧郁，郁闷的。

二

青年！

你为什么迟徊于梦境？

你为什么迷恋于梦境？

你幸而为今世的青年，

你的心是自由梦魂心，

你抛弃你尘秽的头巾，

解脱你肮脏的外内衿，

露出赤条条的洁白身，

跃入缥缈的梦潮清冷，

浪势奔腾，侧眼波鳞里，

看朝彩晚霞，满天的星，——

梦里的光景，模糊，绵延，

却又分明；梦魂，不愿醒，

为这大自在的无终始，

任凭长鲸吞噬，亦甘心。

三

青年！

你为什么醉心于革命，

你为什么牺牲于革命？

黄河之水来自昆仑巅，

泛流华族支离之遗骸，

挟黄沙莽莽，沉郁音响，

苍凉，惨如鬼哭满中原！

华族之遗骸！浪花荡处

尚可认伦常礼教，祖先，

神主之断片，——君不见

两岸遗孽，枉戴着忠冠、

孝辫、抱缺守残，泪眼看

风云暗淡，"道丧"的人间！

运也！这狂澜，有谁能挽，

问谁能挽精神之狂澜？

春

　　康河右岸皆学院，左岸牧场之背，榆荫密覆，大道纡回，一望葱翠，春尤浓郁，但闻虫鸟语，校舍寺塔掩映林巅，真胜处也。迩来草长日丽，时有情耦隐卧草中，密话风流。我常往复其间，辄成左作。

　　河水在夕阳里缓流，
　　暮霞胶抹树干树头；
　　蚱蜢飞，蚱蜢戏吻草光光，
　　我在春草里看看走走。

　　蚱蜢匍伏在铁花胸前，
　　铁花羞得不住的摇头，
　　草里忽伸出只藕嫩的手，
　　将孟浪的跳虫拦腰紧拶。

　　金花菜，银花菜，星星澜澜，
　　点缀着天然温暖的青毡，
　　青毡上青年的情耦，
　　情意胶胶，情话啾啾。

我点头微笑，南向前走，
观赏这青透春透的园囿，
树尽交柯，草也骈偶，
到处是缱绻，是绸缪。

雀儿在人间猥盼亵语，
人在草处心欢面赧，
我羡他们的双双对对，
有谁羡我孤独的徘徊？

孤独的徘徊！
我心须何尝不热奋震颤，
答应这青春的呼唤，
燃点着希望灿灿，
春呀！你在我怀抱中也！

悲观

一

青草地，

牛吃草，

摇头掉尾，

天上的青云白云

卷来卷去。

二

登山头，

望城里，

只见黑沉沉的屋顶

　鳞次栉比，

街道上尘烟里，

　生灵挤挤。

三

教堂前，

钟声里，

白衣的牧师

和黑裙黑披的老妇女，

聚复散，散复聚。

四

歌舞场，

繁华地，

白的红的，黑的绿的，

高冠长裙，笑语依稀。

五

庙堂中，

柴堆里，

几块破烂的木头，

当年受香烟礼拜的偶像，

面目未朽，未朽！

六

战场上，

濠沟里，

枪炮倒在败草间，

到处残破的房屋，
　　肢体，血痕缕缕。

七

天灾国，
饥荒地，
草尽木稀，
小儿不啼，
黑灰色的空气。

八

心死国，
人荒境，
有影无形，
有声无气，
深谷里的子规，
　　见月不啼。

九

噫!
噫!

十

幻象破，

上帝死，

半夜梦醒睡已尽，

但这黑昏昏，阴森森

　鬼棱棱……

十一

这心头

压着全世界的重量，咳！全宇宙

这精神的宇宙

这宇宙的宇宙，

都是空，空，空，……

十二

休！

休！

沙士顿[1] 重游随笔

一

许久不见了，满田的青草黄花！

你们在风前点头微笑，仿佛说彼此无恙。

今春雨少，你们的面容着实清癯；

我一年来也无非是烦恼踉跄；

见否我白发骈添，眉峰的愁痕未隐？

你们是需要雨露，人间只缺少同情。——

青年不受恋爱的滋润，比如春阳霖雨，照洒沙碛

　　永远不得收成。

但你们还有众多的伴侣；

在"大母"慈爱的胸前，和晨风软语，听晨星骈唱，

每天农夫赶他牛车经过，谈论村前村后的新闻，

有时还有美发罗裙的女郎，来对你们声诉她遭逢的

　　薄幸。

至于我的灵魂，只是常在他囚羁中忧伤岑寂；

他仿佛是"衣司业尔"彷徨的圣羊。

1 沙士顿是英国剑桥附近的小村庄，徐志摩1921年曾居住
　　于此。

二

许久不见了，最仁善公允的阳光！

你们现在斜倚在这残破的墙上，

牵动了我不尽的回忆，无限的凄怆。

我从前每晚散步的欢怀，

总少不了你殷勤的照顾。

你吸起人间畅快和悦的心潮，

有似明月钩引湖海的夜汐；

就此茬苒临逝的回光，不但完成一天的功绩，

并且预告晴好的清晨，吩咐勤作的农人，安度良宵。

这满地零乱的栗花，都像在你仁荫里欢舞。

对面楼窗口无告的老翁，

也在饱啜你和煦的同情：

他皱缩昏花的老眼，似告诉人说：

都亏这养老棚朝西，容我每晚享用莫景的温存：

这是天父给我不用求讨的慰藉。

三

许久不见了，和悦的旧邻居！

那位白须白发的先生，正在趁晚凉将水浇菜，

老夫人穿着蓝布的长裙，站在园篱边微笑。

一年过得容易，

那篱畔的苹花，已经落地成泥！

这些色香两绝的玫瑰的种畤在八十老人跟前，

好比艳眼的少艾，独倚在虬松古柏的中间，

他们笑着对我说结婚已经五十三年，

今年十月里预备金婚；

来到此村三十九年，老夫人从不曾半日离家，

每天五时起工作，眠食时刻，四十年如一日；

莫有儿女，彼此如形影相随，

但管门前花草后园蔬果，

从不问村中事情，更不晓世上有春秋，

老夫人拿出他新制的杨梅酱来请我尝味，

因为去年我们在时吃过，曾经赞好。

四

那灰色墙边的自来井前，上面盖着栗树的浓荫，

  残花还不时地堕落，

站着位十八的郎，

他发上络住一支藤黄色的梳子，衬托着一大股蓬

  松的褐色细麻，

转过头来见了我，微微一笑，

脂红的唇缝里，漏出了一声有意无意的"你好！"

五

那边半尺多厚干草，铺顶的低屋前，

依旧站着一年前整天在此的一位褴褛老翁，

他曲着背将身子承住在一根黑色杖上，

后脑仅存几茎白发，和着他有音节的咳嗽，上下颤动。

我走过他跟前，照例说了晚安，

他抬起头向我端详，

一时口角的皱纹，齐向下颔紧叠，

吐露些不易辨认的声响，接着几声干涸的咳嗽。

我瞥见他右眼红腐，像烂桃颜色（并不可怕），

一张绝扁的口，挂着一线口涎。

我心里想阿弥陀佛，这才是老贫病的三角同盟。

六

两条牛并肩在街心里走来，

卖弄他们最庄严的步法。

沉着迟重的蹄声，轻撼了晚村的静默。

一个赤腿的小孩，一手扳着门枢，

一手的指甲腌在口里，

瞪着眼看牛尾的撩拂。

七

一个穿制服的人，向我行礼，

原来是从前替我们送信的邮差，

他依旧穿黑呢红边的制衣，背着皮袋，手里握着一

　　迭信。

只见他这家进，那家出，有几家人在门外等他，

他捱户过去，继续说他的晚安，只管对门牌投信，

他上午中午下午一共巡行三次，每次都是刻板的面目；

雨天风天，晴天雪天，春天冬天，

他总是循行他制定的责务；

他似乎不知道他是这全村多少喜怒悲欢的中介者；

他像是不可防御的运命自身。

有人张着笑口迎他，

有人听得他的足音，便惶恐震栗；

但他自来自去，总是不变的态度。

他好比双手满抓着各式情绪的种子，向心田里四撒；

这家的笑声，那边的幽泣；

全村顿时增加的脉搏心跳，歔欷叹息，

都是他盲目工程的结果，

他哪里知道人间最大的消息，

都曾在他褴旧的皮袋里住过，

在他干黄的手指里经过——

可爱可怖的邮差呀！

再别康桥·徐志摩卷

夏日田间即景（近沙士顿）

柳林青青，

南风熏熏，

幻成奇峰瑶岛，

一天的黄云白云，

那边麦浪中间，

有农妇笑语殷殷。

笑语殷殷——

问后园豌豆肥否，

问杨梅可有鸟来偷；

好几天不下雨了，

玫瑰花还未曾红透；

梅夫人今天进城去，

且看她有新闻无有。

笑语殷殷——

"我们家的如今好了，

已经照常上工去，

不再整天无聊，

不再逗酒使气，

回家来有说有笑，

疼他儿女——爱他妻；

呀！真巧！你看那边，

莲着头，走来的，笑嘻嘻，

可不是他，（哈哈！）满身是泥！"

南风熏熏，

草木青青，

满地和暖的阳光，

满天的白云黄云，

那边麦浪中间，

有农夫农妇，笑语殷殷。

康桥[1] 西野暮色

我常以为文字无论韵散的圈点并非绝对的必要。我们口里说笔上写得清利晓畅的时候，段落语气自然分明，何必多添枝叶去加点画。近来我们崇拜西洋了，非但现代做的文字都要循规道[2]矩，应用"新圈钟"，就是无辜的圣经贤传红楼水浒，也教一班无事忙的先生，支离宰割，这里添了几只钩，那边画上几枝怕人的黑杠！！！真好文字其实没有圈点的必要，就怕那些"科学的"先生们倒有省事的必要。

你们不要骂我守旧，我至少比你们新些。现在大家喜欢讲新，潮流新的，色彩新的，文艺新的，所以我也只好随波逐流跟着维新。惟其为要新鲜，所以我胆敢主张一部分的诗文废弃圈点。这并不是我的创见，自今以后我们多少免不了仰西洋的鼻息。我想你们应该知道英国的小说家George Choow，你们要看过他的名著《Krook Kerith》，就知道散文的新定义新趣味新音节。

1 现通译为"剑桥"。
2 "道"似应为"蹈"。

还有一位爱尔兰人叫做James Joyce³，他在国际文学界的名气恐怕和蓝宁⁴在国际政治界上差不多，一样受人崇拜，受人攻击。他五六年前出了一部《The Portrait of an Artist as Young Men》⁵，独创体裁，在散文里开了一个新纪元，恐怕这就是一部不朽的贡献。他又做了一部书叫《Ulysses》⁶，英国美国谁都不肯不敢替他印，后来他自己在巴黎印行。这部书恐怕非但是今年，也许是这个时期里的一部独一著作。他书后最后一百页（全书共七百几十页）那真是纯粹的"Prose"⁷，像牛酪一样润滑，像教堂里石坛一样光澄，非但大写字母没有，连，。……？：——；——！（）""等可厌的符号一齐灭迹，也不分章句篇节，只有一大股清丽浩瀚的文章排闼而前，像一大匹白罗披泻，一大卷瀑布倒挂，丝毫不露痕迹，真大手笔！

至于新体诗的废句须大写，废句法点画，更属寻常，用不着引证。但这都是乘便的饶舌。下面一首乱词，并非故意不用句读，实在因为没有句读的必要，所以画好了蛇没有添足上去。

3 詹姆斯·乔伊斯，爱尔兰作家、诗人。代表作是《尤利西斯》。
4 现通译为"列宁"。
5 《一个青年艺术家的画像》，詹姆斯·乔伊斯的自传体小说。
6 即《尤利西斯》。
7 Prose：散文，散文体。

一个大红日挂在西天

紫云绯云褐云

簇簇斑斑田田

青草黄田白水

郁郁密密髼髼

红瓣黑蕊长梗

罂粟花三三两两

一大块透明的琥珀

千百折云凹云凸

南天北天暗暗默默

东天中天舒舒阎阎

宇宙在寂静中构合

太阳在头赫里告别

一阵临风

几声"可可"

一颗大胆的明星

仿佛骄矜的小艇

抵牾着云涛云潮

兀兀漂漂潇潇

侧眼看暮焰沉销

回头见伙伴来！⁸

---

8 "！"疑为"了"字。

晚霞在林间田里

晚霞在原上溪底

晚霞在风头风尾

晚霞在村姑眉际

晚霞在燕喉鸦背

晚霞在鸡啼犬吠

晚霞在田陇陌上

陌上田陇行人种种

白发的老妇老翁

屈躬咳嗽龙钟

农夫工罢回家

肩锄手篮口衔菰巴⁹

白衣裳的红腮女郎

攀折几茎白葩红英

笑盈盈翳入绿荫森森

跟着肥满蓬松的"北京"¹⁰

罂粟在凉园里摇曳

白杨树上一阵鸦啼

夕照只剩了几痕紫气

满天镶嵌着星巨星细

9 指烟草。
10 似指"北京鸭"。

田里路上寂无声响

榆荫里的村屋微泄灯芒

冉冉有风打树叶的抑扬

前面远远的树影塔光

罂粟老鸦宇宙婴孩

一齐沉沉奄奄眠熟了也

听槐格讷（Wagner）¹ 乐剧

是神权还是魔力，

搓揉着雷霆霹雳，

暴风、广漠的怒号，

绝海里骇浪惊涛；

地心的火窖咆哮，

回荡，狮虎似狂嗥，

仿佛是海裂天崩，

星陨日烂的朕兆；

忽然静了；只剩有

松林附近，乌云里

漏下的微嘘，拂狃²

村前的酒帘青旗；

可怖的伟大凄静

万壑层岩的雪景，

1 现通译为"瓦格纳"，19世纪德国音乐家，一生致力于歌剧创作。
2 "狃"疑为"扭"字之误。

偶尔有冻鸟横空，

摇曳零落的悲鸣；

悲鸣，胡笳的幽引，

雾结冰封的无垠，

隐隐有马蹄铁甲

篷帐悉索的荒音；

荒音，洪变的先声，

鼍鼓[3]金钲[4]暮[5]荡怒，

霎时间万马奔腾，

酣斗里血流虎虎；

是泼牢米修仡司（Prometheus）[6]

的反叛，抗天拯人

的奋斗，高加山前

挚鹰刳胸的创呻；

是恋情，悲情，惨情，

是欢心，苦心，赤心；

3 鼍皮所作之鼓。《诗经》："鼍鼓逢逢"。
4 乐器，状略似钟。
5 疑"蓦"之误排。
6 现通译为"普罗米修斯"，希腊神话中盗取火种给人间
　的神。

是弥漫，普遍，神幻，
消金灭圣的性爱；

是艺术家的幽骚，
是天壤间的烦恼，
是人类千年万年
郁积未吐的无聊；

这沉郁酝酿的牢骚，
这猖獗圣洁的恋爱，
这悲天悯人的精神，
贯透了艺术的天才。

性灵，愤怒，慷慨，悲哀，
管弦运化，金革调合，
创制了无双的乐剧，
革音革心的槐格讷！

五月二十五日

情死（Liebstch）

玫瑰，压倒群芳的红玫瑰，昨夜的雷雨，原来是你
　　发出的信号，——真娇贵的丽质！

你的颜色，是我视觉的醇醪；我想走近你，但我又
　　不敢。

青年！几滴白露在你额上，在晨光中吐艳。

你颊上的笑容，定是天上带来的；可惜世界太庸俗，
　　不能供给他们常住的机会。

你的美是你的运命！

我走近来了；你迷醉的色香又征服了一个灵魂——
　　我是你的俘虏！

你在那里微笑！我在这里发抖。

你已经登了生命的峰极。你向你足下望——一个无
　　底的深潭！

你站在潭边，我站在你的背后，——我，你的俘虏。

我在这里微笑！你在那里发抖。

丽质是命运的命运。

我已经将你擒捉在手内——我爱你，玫瑰！

色、香、肉体、灵魂、美、迷力——尽在我掌握之中。

我在这里发抖，你——笑。

玫瑰！我顾不得你玉碎香销，我爱你！

花瓣、花萼、花蕊，花刺、你，我——多么痛快啊！

　　——尽胶结在一起；一片狼藉的猩红，两手模糊

的鲜血。

玫瑰！我爱你！

月夜听琴

是谁家的歌声，

和悲缓的琴音，

星茫下，松影间，

有我独步静听。

音波，颤震的音波，

穿破昏夜的凄清，

幽冥，草尖的鲜露，

动荡了我的灵府。

我听，我听，我听出了

琴情，歌者的深心。

枝头的宿鸟休惊，

我们已心心相印。

休道她的芳心忍，

她为你也曾吞声，

休道她淡漠，冰心里

满蕴着热恋的火星。

记否她临别的神情，

满眼的温柔和酸辛，

你握着她颤动的手——

一把恋爱的神经！

记否你临别的心境，

冰流沦彻你全身，

满腔的抑郁，一海的泪，

可怜不自由的魂灵？

松林中的风声哟！

休扰我同情的倾诉；

人海中能有几次

恋潮淹没我的心滨？

那边光明的秋月，

已经脱卸了云衣，

仿佛喜声地笑道：

"恋爱是人类的生机！"

我多情的伴侣哟！

我羡你蜜甜的爱唇，

却不道黄昏和琴音

联就了你我的神交！

月下雷峰影片[1]

我送你一个雷峰塔影，

　　满天稠密的黑云与白云；

我送你一个雷峰塔顶，

　　明月泻影在眠熟的波心。

深深的黑夜，依依的塔影，

　　团团的月彩，纤纤的波鳞——

假如你我荡一支无遮的小艇，

　　假如你我创一个完全的梦境！

1 徐志摩在《西湖记》中说："三潭印月——我不爱什么
　九曲，也不爱什么三潭，我爱在月光下看雷峰静极了的
　影子——我见了那个，便不要性命。"

夜[1]

一

夜，无所不包的夜，我颂美你！

夜，现在万象都像乳饱了的婴孩，在你大母温柔的
　怀抱中眠熟。

一天只是紧叠的乌云，像野外一座帐篷，静悄悄的，
　静悄悄的；

河面只闪着些纤微，软弱的辉芒，桥边的长梗水
　草，黑沉沉的像几条烂醉的鲜鱼横浮在水上，任
　凭怠懒的柳条，在他们的肩尾边撩拂；

对岸的牧场，屏围着墨青色的榆荫，阴森森的，像
　一座镌空的古墓；那边树背光芒，又是什么呢？

我在这沉静的境界中徘徊，在凝神地倾听……听不
　出青林的夜乐，听不出康河的梦呓，听不出鸟翅的
　飞声；

我却在这静谧中，听出宇宙进行的声息，黑夜的脉搏
　与呼吸，听出无数的梦魂的匆忙踪迹；

也听出我自己的幻想，感受了神秘的冲动，在豁动

1　此诗最先发表于1923年12月1日《晨报·文学旬刊》，
　原诗后编者附言："志摩这首长诗，确是另创一种新的
　格局与艺术，请读者注意！"

他久敛的习翮，准备飞出他沉闷的巢居，飞出这
　　沉寂的环境，去寻访
黑夜的奇观，去寻访更玄奥的秘密——
听呀，他已经沙沙的飞出云外去了！

二

一座大海的边沿，黑夜将慈母似的胸怀，紧贴住安
　　息的万象；
波澜也只是睡意，只是懒懒向空疏的沙滩上洗淹，
　　像一个小沙弥在瞌睡地撞他的夜钟，只是一片模糊
　　的声响。
那边岩石的面前，直竖着一个伟大的黑影——是人吗？
一头的长发，散披在肩上，在微风中颤动；
他的两臂，瘦的，长的，向着无限的天空举着，——
他似在祷告，又似在悲泣——
是呀，悲泣——
海浪还只在慢沉沉的推送——
看呀，那不是他的一滴眼泪？
一颗明星似的眼泪，掉落在空疏的海砂上，落在倦
　　懒的浪头上，落在睡海的心窝上，落在黑夜的脚
　　边——颗明星似的眼泪！
一颗神灵，有力的眼泪，仿佛是发酵的酒酿，作炸的

引火，霹雳的电子；

他唤醒了海，唤醒了天，唤醒了黑夜，唤醒了浪

　　涛——真伟大的革命——

霎时地扯开了满天的云幕，化散了迟重的雾气。

纯碧的天中，复现出一轮团圆的明月，

一阵威武的西风，猛扫着大海的琴弦，开始，神伟

　　的音乐。

海见了月光的笑容，听了大风的呼啸，也像初醒的

　　狮虎，摇摆咆哮起来——

霎时地浩大的声响，霎时地普遍的猖狂！

夜呀！你曾经见过几滴那明星似的眼泪？

三

到了二十世纪的不夜城。

夜呀，这是你的叛逆，这是恶俗文明的广告，无

　　耻、淫猥、残暴、肮脏——表面却是一致的辉

　　耀，看，这边是跳舞会的尾声，

那边是夜宴的收梢，那厢高楼上一个肥狠的犹大，

　　正在奸污他钱掳的新娘；

那边街道的转角上，有两个强人，擒住一个过客，

　　一手用刀割断他的喉管，一手掏他的钱包；

那边酒店的门外，麇聚着一群醉鬼，蹒跚地在

秽语，狂歌，音似钝刀刮锅底——

幻想更不忍观望，赶快的掉转翅膀，向清净境界飞去。

飞过了海，飞过了山，也飞回了一百多年的光阴——

他到了"湖滨诗侣"的故乡。

多明净的夜色！只淡淡的星辉在湖胸上舞旋，三四

　　个草虫叫夜；

四围的山峰都把宽广的身影，寄宿在葛濑士迷亚柔

　　软的湖心，沉酣的睡熟；

那边"乳鸽山庄"放射出几缕油灯的稀光，斜倭住

　　庄前的荆篱上；

听呀，那不是，罪翁[2]吟诗的清音——

The poets who on earth have made us heirs

　　of truth and pure delight by heavenly lays!

Oh! Might my name be numbered among theirs,

Then glady would end my mortal days!

诗人解释大自然的精神，

　　美妙与诗歌的欢乐，苏解人间爱困！

无羡富贵，但求为此高尚的诗歌者之一人，

　　便撒手长暝，我已不负吾生。

我便无憾地辞尘埃，返归无垠。

2 指英国著名的湖畔派诗人华兹华斯。

他音虽不亮，然韵节流畅，证见旷达的情怀，一个
　个的音符，都变成了活动的火星，从窗棂里点飞
　出来！飞入天空，仿佛一串鸢灯，凭彻青云，下照
　流波，余音洒洒的惊起了林里的栖禽，放歌称叹。
接着清脆的嗓音，又不是他妹妹桃绿水（Dorothy）[3]的？
呀，原来新染烟癖的高柳列奇（Coleridge）[4]也在他
家作客，三人围坐在那间湫隘的客室里，壁炉前烤
　火炉里烧着他们早上在园里亲劈的栗柴，在必拍
　的作响，铁架上的水壶也已经滚沸，嘶嘶有声：

> To sit without emotion, hope or aim
>
> in the loved presence of my cottage fire,
>
> And Listen to the flapping of the flame
>
> Or kettle whispering its faint undersong.
>
> 坐处在可爱的将息炉火之前，
>
> 无情绪的兴奋，无冀，无筹营，
>
> 听，但听火焰，飐摇的微喧，
>
> 听水壶的沸响，自然的乐音。

夜呀，像这样人间难得的纪念，你保存了多少……

---

3 华兹华斯的妹妹，现通译为"多萝西"。
4 现通译为"柯勒律治"，英国湖畔派诗人。

四

他又离了诗侣的山庄，飞出了湖滨，重复逆溯着汹
　　涌的时潮，到了几百年前海岱儿堡（Heidelberg）[5]
　　的一个跳舞盛会。

雄伟的赭色宫堡，一体沉浸在满目的银涛中，山下的
　　尼波河（Nubes）在悄悄的进行。

堡内只是舞过闹酒的欢声，那位海量的侏儒今晚已
　　喝到第六十三瓶啤酒，嚷着要吃那大厨里烧烤的
　　全牛，引得满庭假发粉面的男客、长裙如云的女
　　宾，哄堂的大笑。

在笑声里幻想又溜回了不知几十世纪的一个昏夜——

眼前只见烽烟四起，巴南苏斯的群山，点成一座照
　　彻云天大火屏，

远远听得呼声，古朴壮硕的呼声——

"阿加孟龙[6]打破了屈次奄[7]，夺回了海伦[8]，现在
　　凯旋回雅典了，希腊的人民呀，大家快来欢呼
　　呀！——

　　——阿加孟龙，王中的王！"

055

再别康桥·徐志摩卷

5 现通译为"海德堡"。德国著名旅游文化城市。
6 现通译为"阿伽门农"。希腊神话里的迈锡尼王，发动
　过特洛伊战争，曾任希腊联军统帅。
7 现通译为"特洛伊"。为小亚西亚古镇。
8 希腊神话中的美貌女子，曾被特洛伊王子诱骗，最后被
　阿伽门农夺回。

这呼声又将我幻想的双翼，吹回更不知无量数的世
　　纪，到了一个更古的黑夜，一座大山洞的跟前；一
　　群男女，老的、少的、腰围兽皮或树叶的原民，
　　蹲踞在一堆柴火的跟前，在煨烤大块的兽肉。猛
　　烈地腾窜的火花，照出他们强固的躯体，黝黑多
　　毛的肌肤——
这是人类文明的摇荡时期。
夜呀，你是我们的老乳娘！

五

最后飞出了气围，飞出了时空的关塞。
当前是宇宙的大观！
几百万个太阳，大的小的，红的黄的，放花竹似的
　　在无极中激震，旋转——
但人类的地球呢？
一海的星砂，却向哪里找去，
不好，他的归路迷了！
夜呀，你在哪里？
光明，你又在哪里？

六

"不要怕，前面有我。"一个声音说。

"你是谁呀？"

"不必问，跟着我来不会错的。我是宇宙的枢纽，
 我是光明的泉源，我是神圣的冲动，我是生命的
 生命，我是诗魂的向导；不要多心，跟我来不会
 错的。"

"我不认识你。"

"你已经认识我！在我的眼前，太阳、草木、星、
 月、介壳、鸟兽、各类的人、虫豸，都是同胞，
 他们都是从我取得生命，都受我的爱护，我是太
 阳的太阳，永生的火焰；

 你只要听我指导，不必猜疑，我叫你上山，你不要
 怕险；我教你入水，你不要怕淹；我教你蹈火，
 你不要怕烧；我叫你跟我走，你不要问我是谁；

 我不在这里，也不在那里，但只随便哪里都有我。
 若然万象都是空的幻的，我是终古不变的真理与
 实在；

 你方才遨游黑夜的胜迹，你已经得见他许多珍藏的
 秘密，——你方才经过大海的边沿，不是看见一
 颗明星似的眼泪吗？——那就是我。

 你要真静定，须向狂风暴雨的底里求去；

你要真和谐，须向混沌的底里求去；

你要真平安，须向大变乱，大革命的底里求去；

你要真幸福，须向真痛苦里尝去；

你要真实在，须向真空虚里悟去；

你要真生命，须向最危险的方向访去；

你要真天堂，须向地狱里守去；

这方向就是我。

这是我的话，我的教训，我的启方；

我现在已经领你回到你好奇的出发处，引起你游兴的
　　夜里；

你看这不是湛露的绿草，这不是温驯的康河？愿你
　　再不要多疑，听我的话，不会错的，——我永远
　　在你的周围。"

　　　　　　　　　　一九二二年七月康桥

小诗

月，我含羞地说，
请你登记我冷热交感的情泪，
　　在你专登泪债的哀情录里；

月，我哽咽着说，
请你查一查我年表的滴漓清泪，
　　是放新账还是清旧欠呢？

私语

秋雨在一流清冷的秋水池，

一棵憔悴的秋柳里，

一条怯怜的秋枝上，

一片将黄未黄的秋叶上，

听他亲亲切切嘁嘁唼唼，

私语三秋的情思情事，情语情节，

临了轻轻将他拂落在秋水秋波的秋晕里，

　一涡半转，跟着秋流去。

这秋雨的私语，三秋的情思情事，情诗情节，

也掉落在秋水秋波的秋晕里，

　一涡半转，跟着秋流去。

七月二十一日

你是谁呀？

　　你是谁呀？

面熟得很，你我曾经会过的，

但在哪里呢，竟是无从记起；

是谁引你到我密室里来的？

你满面忧怆的精神，你何以

默不出声，我觉得有些怕惧；

你的肤色好比干蜡，两眼里

泄露无限的饥渴；呀！他们在

迸泪，鲜红、枯干、凶狠的眼泪，

胶在睫帘边，多可怕，多凄惨！

——我明白了：我知晓你的伤感，

憔悴的根源；可怜！我也记起，

依稀，你我的关系像在这里，

那里，云里雾里，哦，是的是的！

但是再休提起：你我的交谊，

从今起，另辟一番天地，是呀，

另辟一番天地；再不用问你

——我希冀——"你是谁呀"？

无儿

夜色

溟濛，

野鸽

在巢中，

窸窣，

翀毳，

蓬松。

这鸽儿的抖动，

恍似小孩的嫩掌——

嫩又丰——

扪胸，

可爱的逗痒

茸茸；

"鸽儿呀！

休动休动，

我心忡忡，

我泪溶溶，

鸽儿呀，

休动休动，

无儿的我，

忍不住伤痛。"

清风吹断春朝梦

片片鹅绒眼前纷舞，
　　疑是梅心蝶骨醉春风；
一阵阵残琴碎箫鼓，
　　依稀山风催瀑弄青松；

梦底的幽情，素心，
缥缈的梦魂，梦境，——
都教晚鸟声里的清风，
轻轻吹拂——吹拂我枕衾，
枕上的温存——，将春梦解成
丝丝缕缕，零落的颜色声音！
这些深灰浅紫，梦魂的认识，
依然黏恋在梦上的边陲。
无如风吹尘起，漫漶梦屟，
纵心愿归去，也难不见涂踪便；

清风！你来自青林幽谷，
　　款布自然的音乐，
　　轻怀草意和花香，
　　温慰诗人的幽独，

攀帘问小姑无恙，

知否你晨来呼唤，

唤散一缘绻缱——

梦里深浓的恩缘？

任春朝富的温柔，

问谁偿逍遥自由？

只看一般梦意阑珊，——

诗心，恋魂，理想的彩云，——

一似狼藉春阴的玫瑰，

一似鹃鸟黎明的幽叹，

韵断香散，仰望天高云远，

梦翅双飞，一逝不复还！

　　十日前作《春梦》，偶然拈得此题，今日始
勉强成咏，诗意过揉且隐，词只掠影之功，音节不
纯，尤所深憾；然梦固难显，灵奥亦何能遽达，独
恨神游未远，又被同来阻隔耳！

　　　　　　　　　　　　　　八月三日

威尼市[1]

我站在桥上，

这甜熟的黄昏，

远处来的箫声和琴音——点儿、线儿，

圆形、方形、长形，

尽是灿烂的黄金，

倾泻在波涟里，

澄蓝而凝匀。

歌声，游艇，

灯烛的辉莹，

梦寐似生，

——细缊——

幻景似消泯，

在流水的胸前——

鲜妍，绻缱——

流，流，

流入沉沉的黄昏。

1 现通译为"威尼斯"，意大利著名水城。

我灵魂的弦琴,

感受了无形的冲动,

怔忡, 惺松,

悄悄地吟弄,

一支红朵蜡的新曲,

出咽的香浓;

但这微妙的心琴哟,

有谁领略,

有谁能听!

康桥再会罢[1]

康桥，再会罢；

我心头盛满了别离的情绪，

你是我难得的知己，我当年

辞别家乡父母，登太平洋去，

（算来一秋二秋，已过了四度

春秋，浪迹在海外，美土欧洲）

扶桑风色，檀香山芭蕉况味，

平波大海，开拓我心胸神意，

如今都变了梦里的山河，

渺茫明灭，在我灵府的底里；

我母亲临别的泪痕，她弱手

向波轮远去送爱儿的巾色，

海风咸味，海鸟依恋的雅意，

尽是我记忆的珍藏，我每次

摩按，总不免心酸泪落，便想

理箧归家，重向母怀中匍伏，

回复我天伦挚爱的幸福；

我每想人生多少跋涉劳苦，

1 本诗写于1922年8月10日，诗人离英前夕。

多少牺牲，都只是枉费无补，
我四载奔波，称名求学，毕竟
在知识道上，采得几茎花草，
在真理山中，爬上几个峰腰，
钧天妙乐，曾否闻得，彩红色，
可仍记得？——但我如何能回答？
我但自喜楼高车快的文明，
不曾将我的心灵污抹，今日
我对此古风古色，桥影藻密，
依然能坦胸相见，惺惺惜别。

康桥，再会罢！
你我相知虽迟，然这一年中
我心灵革命的怒潮，尽冲泻
在你妩媚河身的两岸，此后
清风明月夜，当照见我情热
狂溢的旧痕，尚留草底桥边，
明年燕子归来，当记我幽叹
音节，歌吟声息，缦烂的云纹
霞彩，应反映我的思想情感，
此日撒向天空的恋意诗心，
赞颂穆静腾辉的晚景，清晨
富丽的温柔；听！那和缓的钟声

解释了新秋凉绪，旅人别意，
我精魂腾跃，满想化入音波，
震天彻地，弥盖我爱的康桥，
如慈母之于睡儿，缓抱软吻；
康桥！汝永为我精神依恋之乡！
此去身虽万里，梦魂必常绕
汝左右，任地中海疾风东指，
我亦必纤道西回，瞻望颜色；
归家后我母若问海外交好，
我必首数康桥；在温清冬夜
腊梅前，再细辨此日相与况味；
设如我星明有福，素愿竟酬，²
则来春花香时节，当复西航，
重来此地，再捡起诗针诗线，
绣我理想生命的鲜花，实现
年来梦境缠绵的销魂踪迹，
散香柔韵节，增媚河上风流；
故我别意虽深，我愿望亦密，
昨宵明月照林，我已向倾吐
心胸的蕴积，今晨雨色凄清，

再别康桥·徐志摩卷

2 此处当指诗人对林徽因的恋情能得圆满结局。

小鸟无欢，难道也为是怅别

情深，累藤长草茂，涕泪交零！

康桥！山中有黄金，天上有明星，

人生至宝是情爱交感，即使

山中金尽，天上星散，同情还

永远是宇宙间不尽的黄金，

不昧的明星；赖你和悦宁静

的环境，和圣洁欢乐的光阴，

我心我智，方始经爬梳洗涤，

灵苗随春草怒生，沐日月光辉，

听自然音乐，哺啜古今不朽

——强半汝亲栽育——的文艺精英：

恍登万丈高峰，猛回头惊见

真善美浩瀚的光华，覆翼在

人道蠕动的下界，朗然照出

生命的经纬脉络，血赤金黄，

尽是爱主恋神的辛勤手绩；

康桥！你岂非是我生命的泉源？

你惠我珍品，数不胜数；最难忘

骞士德顿桥下的星磷坝乐，

弹舞殷勤，我常夜半凭阑干，

倾听牧地黑野中倦牛夜嚼，

水草间鱼跃虫嘻，轻挑静寞；

难忘春阳晚照，泼翻一海纯金，

淹没了寺塔钟楼，长垣短堞，

千百家屋顶烟突，白水青田，

难忘茂林中老树纵横；巨干上

黛薄茶青，却教斜刺的朝霞，

抹上些微胭脂春意，忸怩神色；

难忘七月的黄昏，远树凝寂，

像墨泼的山形，衬出轻柔瞑色，

密稠稠，七分鹅黄，三分桔绿，

那妙意只可去秋梦边缘捕捉；

难忘榆荫中深宵清啭的诗禽，

一腔情热，教玫瑰嘀泪点首，

满天星环舞幽吟，款住远近

浪漫的梦魂，深深迷恋香境；

难忘村里姑娘的腮红颈白；

难忘屏绣康河的垂柳婆娑，

婀娜的克莱亚[3]，硕美的校友居；

——但我如何能尽数，总之此地

人天妙合，虽微如寸芥残垣，

亦不乏纯美精神；流贯其间，

再别康桥·徐志摩卷

3 现通译为"克莱尔"，指英国剑桥大学Clare学院。

而此精神，正如宛次宛士⁴ 所谓

"通我血液，浃我心脏"，有"镇驯

矫饬之功"；我此去虽归乡土，

而临行怫怫，转若离家赴远；

康桥！我故里闻此，能弗怨汝

僭爱，然我自有谠言代汝答付；

我今去了，记好明春新杨梅

上市时节，盼我含笑归来，

再见罢，我爱的康桥！

4 现通译为"华兹华斯"。

马赛[1]

马赛，你神态何以如此惨淡？

  空气中仿佛释透了铁色的矿质，

  你拓臂环拥着的一湾海，也在迟重的阳光中，

   沉闷地呼吸；

  一涌青波，一峰白沫，一声呜咽；

地中海呀！

  你满怀的牢骚，

  恐只有蟠白的阿尔帕斯——永远

   自万尺高处冷眼下瞰——深浅知悉。

马赛，你面容何以如此惨淡？

  这岂是情热猖獗的欧南？

  看这一带山岭，筑成天然城堡，

  雄闳沉着，

  一床床的大灰岩，

  一丛丛的暗绿林，

再别康桥·徐志摩卷

1 此诗为1922年8月，诗人从英国归国途中所作。

一堆堆的方形石灰屋——

光土毛石的尊严,

朴素自然的尊严,

淡净颜色的尊严——

无愧是水让（Ceganne）[2] 神感的故乡,

廓大艺术灵魂的手笔!

但普鲁冈司[3] 情歌缠绵真挚的精神,

在黑暗中布植文艺复兴种子的精神,

难道也深隐在这些岩片杂草的中间,

惨雾淡抹的中间?

马赛,你惨淡的神情,

倍增了我别离的幽感,别离欧土的怆心;

我爱欧化,然我不恋欧洲;

此地景物已非,不如归去;

家乡有长梗菜饭,米酒肥羔,

此地景物已非,不堪存想。

我游都会繁庶,时有踯躅墟墓之感,

在繁华声色场中,有梦亦多恐怖;

2 现通译为"塞尚"。法国著名画家,后期印象派主将。
3 现通译为"普罗旺斯"。法国东南部的一个地区,毗邻
　地中海。

我似见莱茵河边，难民麇伏，

冷月照鸠面青肌，凉风吹褴褛衣结，

柴火几星，便鸡犬也噤无声音；

又似身在咖啡夜馆中，

烟雾里酒香袂影，笑语微闻，

场中有裸女作猥舞，

场背有黑面奴弄器出淫声；

百年来野心迷梦，已教大战血潮冲破；

如今凄惶遍地，兽性横行：

不如归去，此地难寻干净人道，

此地难得真挚人情，不如归去！

秋月呀[1]

秋月呀！

谁禁得起银指尖儿

浪漫地搔爬呵！

不信但看那一海的轻涛，

可不是禁不住它玉指的抚摩，

　　在那里低徊饮泣呢！就是那

无聊的熏烟，

秋月的美满，

熏暖了飘心冷眼，

也清冷地穿上了轻绡的衣裳，

来参与这

美满的婚姻和丧礼。

1　此诗摘自1922年10月6日，诗人于欧洲归国时在船上所
　写的散文《印度洋上的秋思》。

北方的冬天是冬天

北方的冬天是冬天！

满眼黄沙漠漠的地与天；

赤膊的树枝，硬搅着北风先——

一队队敢死的健儿，傲立在战阵前！

不留半片残青，没有一丝黏恋，

只拼着精光的筋骨；凝敛着生命的精液，

耐，耐三冬的霜鞭与雪拳与风剑，

直耐到春阳征服了消杀与枯寂与凶惨，

直耐到春阳打开了生命的牢监，放出一瓣的树头鲜！

直耐到忍耐的奋斗功效见，健儿克敌回家酣笑颜！

北方的冬天是冬天！

满眼黄沙茫茫的地与天；

田里一只呆顿的黄牛，

西天边画出几线的悲鸣雁。

希望的埋葬

希望，只如今……
如今只剩些遗骸——
可怜，我的心……
却教我如何埋掩？

希望，我抚摩着
你惨变的创伤；
在这冷默的冬夜——
谁与我商量埋葬？

埋你在秋林之中，
幽涧之边，你愿否？
朝餐泉乐的玲琮
暮偎着松茵香柔。

我收拾一筐的红叶，
露凋秋伤的枫叶，
铺盖在你新坟之上——
长眠着美丽的希望！

我唱一支惨淡的歌，

与秋林的秋声相和；

滴滴凉露似的清泪，

洒遍了清冷的新墓！

我手抱你冷残的衣裳，

凄怀你生前的经过——

一个遭不幸的爱母，

回想一场抚养的辛苦！

我又舍不得将你埋葬，

希望，我的生命与光明！

像那个情疯了的公主，

紧搂住她爱人的冷尸。

梦境似的惝恍，

毕竟是谁存谁亡？

是谁在悲唱，希望！

你，我，是谁替谁埋葬？

"美是人间不死的光芒"，

不论是生命，或是希望！

便冷骸也发生命的神光，

何必问秋林红叶去埋葬？

哀曼殊斐儿[1]

我昨夜梦入幽谷，

　　听子规在百合丛中泣血，

我昨夜梦登高峰，

　　见一颗光明泪自天堕落。

古罗马的郊外有座墓园，

　　静偃着百年前客殇的诗骸；

百年后海岱士（Hades）[2] 黑辇的东轮，

　　又喧响在芳丹卜罗[3] 的青林边。

说宇宙是无情的机械，

　　为甚明灯似的理想闪耀在前？

说造化是真善美之表现，

　　为甚五彩虹不常住天边？

1 曼殊斐儿：Katherine Mansfield（1988~1923年）之音
　译。现通译为"曼斯菲尔德"，英国女作家。
2 现通译为"哈得斯"或"哈迪斯"，希腊众神中的
　冥王。
3 现通译为"枫丹白露"。巴黎远郊的一处森林风景区，
　曼殊斐儿在此辞世。

我与你虽仅一度相见——
　　但那二十分不死的时间！
谁能信你那仙姿灵态，
　　竟已朝露似的永别人间？

非也！生命只是个实体的幻梦：
　　美丽的灵魂，永承上帝的爱宠；
三十年小住，只似昙花之偶现，
　　泪花里我想见你笑归仙宫。

你记否伦敦约言，曼殊斐儿！
　　今夏再见于琴妮湖⁴之边；
琴妮湖永抱着白朗矶⁵的雪影，
　　此日我怅望云天，泪下点点！

我当年初临生命的消息，
　　梦觉似的骤感恋爱之庄严；
生命的觉悟是爱之成年，
　　我今又因死而感生与恋之涯沿！

---

4 现通译为"日内瓦湖"（Lake Geneva），位于瑞士与法国交界处。
5 现通译为"勃朗峰"（Mount Blance），为阿尔卑斯山最高峰。

同情是攒不破的纯晶，
　　爱是实现生命之唯一途径：
死是座伟秘的洪炉，此中
　　凝炼万象所从来之神明。

我哀思焉能电花似的飞聘，
　　感动你在天日遥远的灵魂？
我洒泪向风中遥送，
　　问何时能戡破生死之门？

再别康桥·徐志摩卷

小花篮

——送卫礼贤[1]先生

　　一年前此时，我正与博生、通伯同游槐马[2]与耶纳[3]，访葛德西喇[4]之故居，买得一小花篮，随采野草实之，今草已全悴，把玩不觉兴感，因作左诗。

　　（卫礼贤先生，通我国学，传播甚力，其生平所最崇拜者，孔子而外，其邦人葛德是，今在北大讲葛德，正及其意大利十八月之留。）

　　　　我买一只小小的花篮，
　　　　杜陵人手编的兰花篮；

　　　　我采集一把青翠的小草，
　　　　从玫瑰园外的小河河边；

　　　　把那些小草装入了小篮；
　　　　小小的纪念，别有风趣可爱。

1 卫礼贤原名理查德·威廉，德国汉学家。
2 现通译为"魏玛"（Weimer）。德国小城市，曾是德国
　文化中心。
3 现通译为"耶拿"（Jena）。德国中部萨莱河畔的市镇。
4 "葛德"现通译为"歌德"，"西喇"现通译为"席勒"，
　二人均为德国文学巨匠。

当年葛德自罗马归来，
载回朝旭似文化的光彩；

如今玫瑰园中清简的屋内，
贴近他创制诗歌的书案。
（Rosen-garden[5]在Weimer葛德制诗处）

留着个小小的纪念：非造像，
非画件，亦非是古代史迹：

一束罗马特产的鲜菜，
如今僵缩成一小撮的灰骸！

这一小撮僵缩的灰骸！
却最澄见他宏坦的诗怀！

我冥想历史进行之参差，
问何年这伟大的明星再来？

听否那黄海东海南海的潮声，
声声问华族的灵魂何时自由？

5 即"玫瑰园"之意。

我自游槐马归来，不过一年，
那小篮里的鲜花，已成枯蜷；

我感怀于光阴造作之荣衰，
亦憬然于生生无已之循环；

便历尽了人间的悲欢变幻，
也只似微波在造化无边之海！

默境

12月8日与KY及SP同游西山灵寺僧冢，时暮霭已苍，风籁喋寂，抚摩碑碣，仰看长松，彼此忽不期缄默，游神有顷，此中消息，非亲身经历者，孰能领会，因作长句，以问我友焉。徐志摩附识。

我友，记否那西山的黄昏，
钝氲里透出的紫霭红晕，
漠沉沉，黄沙弥望，恨不能
登山顶，饱餐西陲的菁英。
全仗你吊古殷勤，趁别院，
度边门，惊起了卧犬狰狞。
墓庭的光景，却别是一味
苍凉，别是一番苍凉境地：
我手剔生苔碑碣，看冢里
僧骸是何年何代，你轻踹
生苔庭砖，细数松针几枚；
不期间彼此缄默的相对，
僵立在寂静的墓庭墙外，
同化于自然的宁静，默辨
静里深蕴着普遍的义韵；

我注目在墙畔一穗枯草，
听邻庵经声，听风抱树梢，
听落叶，冻鸟零落的音调，
心定如不波的湖，却又教
连珠似的潜思泛破，神凝
如千年僧骸的尘埃，却又
被静的底里的热焰熏点；

我友，感否这柔韧的静里
蕴有钢似的迷力，满充着
悲哀的况味，阐悟的几微，
此中不分春秋，不辨古今，
生命即寂灭，寂灭即生命，
在这无终始的洪流之中，
难得素心人悄然共游泳；
纵使阐不透这凄伟的静，
我也怀抱了这静中涵濡，
温柔的心灵；我便化野鸟
飞去，翅羽上也永远染了
欢欣的光明，我便向深山

去隐，也难忘你游目云天，
游神象外的Transfiguration[1]

我友！知否你妙目——漆黑的
圆睛——放射的神辉，照彻了
我灵府的奥隐，恍如昏夜
行旅，骤得了明灯，刹那间
周遭转换，涌现了无量数
理想的楼台，更不见墓园
风色，再不闻衰冬吁喟，但
见玫瑰丛中，青春的舞蹈
与欢容，
只闻歌颂青春的
谐乐与欢惊；——
　　　　　　轻捷的步履，
你永向前领，欢乐的光明，
你永向前引：我是个崇拜
青春、欢乐与光明的灵魂。

1 Transfiguration：英语，意为"理想化"。

我是个无依无伴的小孩[1]

我是个无依无伴的小孩，

无意地来到生疏的人间：

我忘了我的生年与生地，

只记从来处的草青日丽；

青草里满泛我活泼的童心，

好鸟常伴我在艳阳中游戏；

我爱啜野花上的白露清鲜，

爱去流涧边照弄我的童颜；

我爱与初生的小鹿儿竞赛，

爱聚砂砾仿造梦里的亭园；

我梦里常游安琪儿的仙府，

白羽的安琪儿，教导我歌舞；

1 首次发表时题名为《诗》。原诗题下有英文副题：
Will-O'-the-Wisp，即"鬼火"。另有一行英文诗句：
"Lonely is the Soul that Sees the Vision……"意为：
"孤独的灵魂看到幻景……"

我只晓天公的喜悦与震怒，
从不感人生的痛苦与欢娱；

所以我是个自然的婴孩，
误入了人间峻险的城围：

我骇诧于市街车马之喧扰，
行路人尽戴着忧惨的面罩；

铅般的烟雾迷障我的心府，
在人丛中反感恐惧与寂寥；

啊！此地不见了清涧与青草，
更有谁伴我笑语，疗我饥馇；

我只觉刺痛的冷眼与冷笑，
我足上沾污了沟渠的泞潦；

我忍住两眼热泪，漫步无聊，
漫步着南街北巷，小径长桥；

我走近一家富丽的门前，
门上有金色题标，两字"慈悲"；

金字的慈悲，令我欢慰，
我便放胆跨进了门槛；

慈悲的门庭寂无声响，
堂上隐隐有阴惨的偶像；

偶像在伸臂，似庄似戏，
真骇我狂奔出慈悲之第；

我神魂惊悸慌张地前行，
转瞬间又面对"快乐之园"；

快乐园的门前，鼓角声喧，
红衣汉在守卫，神色威严；

游服竞鲜艳，如春蝶舞翩跹，
园林里阵阵香风，花枝隐现；

吹来乐音断片，招诱向前，
赤穷孩蹑近了快乐之园！

守门汉霹雳似的一声呼叱，
震出了我骇愧的两行急泪；

我掩面向僻隐处飞驰，
遭罹了快乐边沿的尖刺；

黄昏。荒街上尘埃舞旋，
凉风里有落叶在呜咽；

天地看似墨色螺形的长卷，
有孤身儿在踟蹰，似退似前；

我仿佛陷落在冰寒的阴铟，
我哭一声我要阳光的暖和！

我想望温柔手掌，偎我心窝，
我想望搂我入怀，纯爱的母；

我悲思正在喷泉似的溢涌，
一闪闪神奇的光，忽耀前路；

光似草际的游萤，乍显乍隐，
又似暑夜的飞星，窜流无定；

神异的精灵！生动了黑夜，
平易了途径，这闪闪的光明；

闪闪的光明！消解了恐惧，
启发了欢欣，这神异的精灵；

昏沉的道上，引导我前进，
一步步离远人间进向天庭；

天庭！在白云深处，白云深处，
有美安琪敛翅羽，安眠未醒；

我亦爱在白云里安眠不醒，
任清风搂抱，明星亲吻殷勤；

光明！我不爱人间，人间难觅
安乐与真情，慈悲与欢欣；

光明，我求祷你引致我上登
天庭，引挈我永住仙神之境；

我即不能上攀天庭，光明，
你也照导我出城围之困，

我是个自然的婴儿，光明知否，
但求回复自然的生活优游；

茂林中有餐不罄的鲜柑野栗，

春草里有享不尽的意趣香柔……

五月六日

再别康桥·徐志摩卷

悲思

再别康桥·人间四月天

096

悲思在庭前——

　　不；但看

　　新萝憨舞，

　　紫藤吐艳，

　　蜂恣蝶恋——

悲思不在庭前。

悲思在天上——

　　不；但看

　　青白长空，

　　气宇晴朗，

　　云雀回舞——

悲思不在天上。

悲思在我笔里——

　　不；但看

　　白净长毫，

　　正待抒写，

　　浩坦心怀——

悲思不在我的笔里。

悲思在我纸上——

　　不；但看

　　质净色清，

　　似在腼盼，

　　诗意春情——

悲思不在我的纸上。

悲思莫非在我……

　　心里——

　　心如古墟，

　　野草不株，

　　心如冻泉，

　　冰结活源，

　　心如冬虫，

　　久蛰久噤——

不，悲思不在我的心里！

　　　　　　　　　五月十三日

再别康桥·徐志摩卷

破庙

慌张的急雨将我
赶入了黑丛丛的山坳，
迫近我头顶在腾拿，
恶狠狠的乌龙巨爪；
枣树兀兀地隐蔽着
一座静悄悄的破庙，
我满身的雨点雨块，
躲进了昏沉沉的破庙；

雷雨越发来得大了；
霍隆隆半天里霹雳，
豁喇喇林叶树根苗，
山谷山石，一齐怒号，
千万条的金剪金蛇，
飞入阴森森的破庙，
我浑身战抖，趁电光
估量这冷冰冰的破庙；

我禁不住大声喊叫；
电光火把似的照耀，

照出我身旁神龛里

一个青面狞笑的神道，

电光去了，霹雳又到，

不见了狞笑的神道，

硬雨石块似的倒泻——

我独身藏躲在破庙；

千年万年应该过了！

只觉得浑身的毛窍，

只听得骇人声怪叫，

只记得那凶恶的神道，

忘记了我现在的破庙；

好容易雨收了，雷休了，

血红的太阳，满天照耀，

照出一个我，一座破庙！

一个祈祷[1]

请听我悲哽的声音，祈求于我爱的神：
人间哪一个的身上，不带些儿创与伤！
哪有高洁的灵魂，不经地狱，便登天堂：
我是肉薄过刀山，炮烙，闯度了奈何桥，
方有今日这颗赤裸裸的心，自由高傲！

这颗赤裸裸的心，请收了罢，我的爱神！
因为除了你更无人，给他温慰与生命，
否则，你就将他磨成齑粉，散入西天云，
但他精诚的颜色，却永远点染你春朝的
新思，秋夜的梦境；怜悯吧，我的爱神！

1　此诗曾用英语题名《A Prayer》，发表于1923年7月1日
《晨报·文学旬刊》。

铁柝歌

铁柝，铁柝，铁柝——三更：
夜色在更韵里沉吟，
满院只眠熟的树荫，
天上三五颗冷淡的星。

铁索，铁索……逝水似的消幻，
只缕缕星芒，漫洒在屋溜间；
静夜忽的裂帛似的撕碎——
一声声，愤急，哀乞，绝望的伤惨。

马号里暗暗的腐稻一堆：
犬子在索乳，呶呶的纷哞；
僵附在墙边，有瘦影一枚，
赢瘪的母狗，忍看着饥孩——

"哀哀，我馁，且殆，奈何饥孩，
儿来，非我罪，儿毙，我心摧"……
哀哀，在此深夜与空院，
有谁同情母道之悲哀？

哀哀，更柝声在巷外浮沉，

悄悄的人间，浑浑的乾坤；

哀哀这中夜的嗫诉与哀呻，

惊不醒———丝半缕的同情！

正愿人间的好梦睡稳！

一任遍地的嗫诉与哀呻，

乞怜于黑夜之无灵，应和

街前巷后的铁柝声声！

端节后

石虎胡同七号[1]

我们的小园庭，有时荡漾着无限温柔；

善笑的藤娘，袒酥怀任团团的柿掌绸缪，

百尺的槐翁，在微风中俯身将棠姑抱搂，

黄狗在篱边，守候睡熟的珀儿，它的小友，

小雀儿新制求婚的艳曲，在媚唱无休——

我们的小园庭，有时荡漾着无限温柔。

我们的小园庭，有时淡描着依稀的梦景；

雨过的苍茫与满庭荫绿，织成无声幽冥，

小蛙独坐在残兰的胸前，听隔院蚓鸣，

一片化不尽的雨云，倦展在老槐树顶，

掠檐前作圆形的舞旋，是蝙蝠，还是蜻蜓？——

我们的小园庭，有时淡描着依稀的梦景。

我们的小园庭，有时轻喟着一声奈何；

奈何在暴雨时，雨槌下捣烂鲜红无数，

---

1 北京西单牌楼石虎胡同七号是北京松坡图书馆第二馆馆
址，专藏外文书籍。徐志摩曾任该馆英文秘书。1931年
徐志摩罹难后，其父将他在京图书全部捐赠该馆。诗中
所称"蹇翁"系指松坡图书馆二馆负责人蹇季常，蹇饮
酒有海量。

奈何在新秋时，未凋的青叶惆怅地辞树，
奈何在深夜里，月儿乘云艇归去，西墙已度，
远巷薤露的乐音，一阵阵被冷风吹过——
我们的小园庭，有时轻喟着一声奈何。

我们的小园庭，有时沉浸在快乐之中；
雨后的黄昏，满院只美荫，清香与凉风，
大量的甄翁，巨樽在手，甄足直指天空，
一斤，两斤，杯底喝尽，满怀酒欢，满面酒红，
连珠的笑响中，浮沉着神仙似的酒翁——
我们的小园庭，有时沉浸在快乐之中。

冢中的岁月[1]

白杨树上一阵鸦啼，

白杨树上叶落纷披，

白杨树下有荒土一堆：

亦无有青草，亦无有墓碑；

亦无有蛱蝶双飞，

亦无有过客依违，

有时点缀荒野的暮霭，

土堆邻近有青磷闪闪。

埋葬了也不得安逸，

髑髅在坟底叹息；

舍手了也不得静谧，

髑髅在坟底饮泣。

破碎的愿望梗塞我的呼吸，

伤禽似的震悸着他的羽翼；

1 本诗最初见于1923年9月初徐志摩写给胡适的信中。

白骨放射着赤色的火焰——
都烧不尽生前的恋与怨。

白杨在西风里无语，摇曳，
孤魂在墓窟的凄凉里寻味：
　"从不享，可怜，祭扫的温慰，
更有谁存念我生平的梗概"！

灰色的人生

我想——我想开放我的宽阔的粗暴的嗓音,唱一支
　　野蛮的大胆的骇人的新歌;
我想拉破我的袍服,我的整齐的袍服,露出我的胸
　　膛,肚腹,肋骨与筋络;
我想放散我一头的长发,像一个游方僧似的散披着
　　一头的乱发;
我也想跣我的脚,跣我的脚,在巉牙似的道上,快
　　活地,无畏地走着。

我要调谐我的嗓音,傲慢的,粗暴的,唱一阕荒
　　唐的,摧残的,弥漫的歌调;
我伸出我的巨大的手掌,向着天与地,海与山,无
　　餍地求讨,寻捞;
我一把揪住了西北风,问它要落叶的颜色;
我一把揪住了东南风,问它要嫩芽的光泽;
我蹲身在大海的边旁,倾听它的伟大的酣睡的声浪;
我捉住了落日的彩霞,远山的露霭,秋月的明辉,
　　散放在我的发上,胸前,袖里,脚底……

我只是狂喜地大踏步地向前——向前——口唱着暴
　　烈的，粗伧的，不成章的歌调；

来，我邀你们到海边去，听风涛震撼天空的声调；

来，我邀你们到山中去，听一柄利斧斫伐老树的
　　清音；

来，我邀你们到密室里去，听残废的，寂寞的灵魂的
　　呻吟；

来，我邀你们到云霄外去，听古怪的大鸟孤独的悲鸣；

来，我邀你们到民间去，听衰老的，病痛的，贫苦的，
　　残毁的，受压迫的，烦闷的，奴服的，懦怯的，
　　丑陋的，罪恶的，自杀的，——和着深秋的风声
　　与雨声——合唱的"灰色的人生"！

常州天宁寺闻礼忏声

有如在火一般可爱的阳光里，偃卧在长梗的，杂乱的
　　丛草里，听初夏第一声的鹧鸪，从天边直响入云
　　中，从云中又回响到天边；
有如在月夜的沙漠里，月光温柔的手指，轻轻的抚
　　摩着一颗颗热伤了的砂砾，在鹅绒般软滑的热带的
　　空气里，听一个骆驼的铃声，轻灵的，轻灵的，
　　在远处响着，近了，近了，又远了……
有如在一个荒凉的山谷里，大胆的黄昏星，独自临
　　照着阳光死去了的宇宙，野草与野树默默的祈祷
　　着，听一个瞎子，手扶着一个幼童，镗的一响算命
　　锣，在这黑沉沉的世界里回响着；
有如在大海里的一块礁石上，浪涛像猛虎般的狂扑
　　着，天空紧紧的绷着黑云的厚幕，听大海向那威
　　吓着的风暴，低声的，柔声的，忏悔它一切的
　　罪恶；
有如在喜马拉雅的顶巅，听天外的风，追赶着天外
　　的云的急步声，在无数雪亮的山壑间回响着；
有如在生命的舞台的幕背，听空虚的笑声，失望与
　　痛苦的呼吁声，残杀与淫暴的狂欢声，厌世与自
　　杀的高歌声，在生命的舞台上合奏着。

我听着了天宁寺的礼忏声!

这是哪里来的神明?人间再没有这样的境界!

这鼓一声,钟一声,磬一声,木鱼一声,佛号一
　　声……乐音在大殿里,迂缓的,曼长的回荡着,
　　无数冲突的波流谐合了,无数相反的色彩净化了,
　　无数现世的高低消灭了……
这一声佛号,一声钟,一声鼓,一声木鱼,一声
　　磬,谐音盘礴在宇宙间——解开一小颗时间的
　　埃尘,收束了无量数世纪的因果;

这是哪里来的大和谐——星海里的光彩,大千世界
　　的音籁,真生命的洪流:止息了一切的动,一切的
　　扰攘;

在天地的尽头,在金漆的殿椽间,在佛像的眉宇
　　间,在我的衣袖里,在耳鬓边,在官感里,在心
　　灵里,在梦里……

在梦里,这一瞥间的显示,青天,白水,绿草,慈
　　母温软的胸怀,是故乡吗?是故乡吗?

光明的翅羽，在无极中飞舞！

大圆觉底里流出的欢喜，在伟大的，庄严的，寂
　　灭的，无疆的，和谐的静定中实现了！

颂美呀，涅槃！赞美呀，涅槃！

沪杭车中[1]

匆匆匆！催催催！

一卷烟，一片山，几点云影，

一道水，一条桥，一支橹声，

一林松，一丛竹，红叶纷纷；

艳色的田野，艳色的秋景，

梦境似的分明，模糊，消隐——

催催催！是车轮还是光阴？

催老了秋容，催老了人生！

1 原名《沪杭道中》。

夜半松风

这是冬夜的山坡，
坡下一座冷落的僧庐，
庐内一个孤独的梦魂：
　　在忏悔中祈祷，在绝望中沉沦；——

为什么这怒叫，这狂啸，
鼍鼓与金钲与虎与豹？
为什么这幽诉，这私慕？
烈情的惨剧与人生的坎坷——
　　又一度潮水似的淹没了
这彷徨的梦魂与冷落的僧庐？

再别康桥·徐志摩卷

去罢[1]

去罢，人间，去罢！
　我独立在高山的峰上；
去罢，人间，去罢！
　我面对着无极的穹苍。

去罢，青年，去罢！
　与幽谷的香草同埋；
去罢，青年，去罢！
　悲哀付与暮天的群鸦。

去罢，梦乡，去罢！
　我把幻景的玉杯摔破；
去罢，梦乡，去罢！
　我笑受山风与海涛之贺。

去罢，种种，去罢！
　当前有插天的高峰；

1 原题《诗一首》。

去罢，一切，去罢！

当前有无穷的无穷！

沙扬娜拉[1]
——赠日本女郎

最是那一低头的温柔，
 　像一朵水莲花不胜凉风的娇羞，
道一声珍重，道一声珍重，
 　那一声珍重里有蜜甜的忧愁——
 　　沙扬娜拉！

1　写于1924年5月陪泰戈尔访日期间。这是长诗《沙扬娜
　拉十八首》中的最后一首。《沙扬娜拉十八首》收入
　1925年8月版《志摩的诗》，再版时删去前十七首，仅
　留这一首。沙扬娜拉，日语"再见"的音译。

庐山小诗两首

一、朝雾里的小草花

这岂是偶然，小玲珑的野花！

   你轻含着闪亮的珍珠，

   像是慕光明的花蛾，

在黑暗里想念着焰彩晴霞；

我此时在这蔓草丛中过路，

   无端的内感，惆怅与惊讶，

   在这迷雾里，在这岩壁下，

思忖着泪怦怦的，人生与鲜露？

二、山中大雾看景

这一瞬息的展雾——

   是山雾，

   是台幕！

这一转瞬的沉闷，

是云蒸，

是人生？

那分明是山，水，田，庐；

又分明是悲，欢，喜，怒：

阿，这眼前刹那间的开朗——

我仿佛感悟了造化的无常！

苏苏

苏苏是一个痴心的女子：

  像一朵野蔷薇，她的丰姿；

  像一朵野蔷薇，她的丰姿——

来一阵暴风雨，摧残了她的身世。

这荒草地里有她的墓碑：

  淹没在蔓草里，她的伤悲；

  淹没在蔓草里，她的伤悲——

啊，这荒土里化生了血染的蔷薇！

那蔷薇是痴心女的灵魂，

  在清早上受清露的滋润，

  到黄昏时有晚风来温存，

更有那长夜的慰安，看星斗纵横。

你说这应分是她的平安？

  但运命又叫无情的手来攀，

  攀，攀尽了青条上的灿烂，——

可怜呵，苏苏她又遭一度的摧残！

毒药[1]

今天不是我歌唱的日子，我口边涎着狞恶的微笑，

　　不是我说笑的日子，我胸怀间插着发冷光的利刃；

相信我，我的思想是恶毒的因为这世界是恶毒的，

　　我的灵魂是黑暗的因为太阳已经灭绝了光彩，我

　　的声调是像坟堆里的夜鸮因为人间已经杀尽了一

　　切的和谐，我的口音像是冤鬼责问他的仇人因为

　　一切的恩已经让路给一切的怨；

但是相信我，真理是在我的话里虽则我的话像是毒

　　药，真理是永远不含糊的虽则我的话里仿佛有两

　　头蛇的舌，蝎子的尾尖，蜈蚣的触须；只因为我

　　的心里充满着比毒药更强烈、比咒诅更狠毒、比

　　火焰更猖狂、比死更深奥的不忍心与怜悯心与爱

　　心，所以我说的话是毒性的、咒诅的、燎灼的、

　　虚无的；

相信我，我们一切的准绳已经埋没在珊瑚土打紧的

　　墓宫里，最劲冽的祭肴的香味也穿不透这严封的

　　地层：一切的准则是死了的；

---

1 《毒药》《白旗》《婴儿》均写于1924年9月底，初载
　于同年10月5日《晨报·文学旬刊》。《毒药》又载
　1926年《现代译论》一周年增刊。

我们一切的信心像是顶烂在树枝上的风筝，我们手
　　里擎着这进断了的鹞线；一切的信心是烂了的；
相信我，猜疑的巨大的黑影，像一块乌云似的，已
　　经笼盖着人间一切的关系：人子不再悲哭他新死
　　的亲娘，兄弟不再来携着他姊妹的手，朋友变成
　　了寇仇，看家的狗回头来咬他主人的腿：是的，
　　猜疑淹没了一切；在路旁坐着啼哭的，在街心里
　　站着的，在你窗前探望的，都是被奸污的处女：
　　池潭里只见些烂破的鲜艳的荷花；
在人道恶浊的涧水里流着，浮荇似的，五具残缺的
　　尸体，他们是仁义礼智信，向着时间无尽的海澜
　　里流去；
这海是一个不安静的海，波涛猖獗的翻着，在每个
　　浪头的小白帽上分明的写着人欲与兽性；
到处是奸淫的现象：贪心搂抱着正义，猜忌逼迫着
　　同情，懦怯狎亵着勇敢，肉欲侮弄着恋爱，暴力
　　侵凌着人道，黑暗践踏着光明；
听呀，这一片淫猥的声响，听呀，这一片残暴的
　　声响；
虎狼在热闹的市街里，强盗在你们妻子的床上，
　　罪恶在你们深奥的灵魂里……

白旗

来，跟着我来，拿一面白旗在你们的手里——不是
　　上面写着激动怨毒，鼓励残杀字样的白旗，也不
　　是涂着不洁净血液的标记的白旗，也不是画着忏
　　悔与咒语的白旗（把忏悔画在你们的心里）；
你们排列着，噤声的，严肃的，像送丧的行列，不
　　容许脸上留存一丝的颜色，一毫的笑容，严肃的，
　　噤声的，像一队决死的兵士；
现在时辰到了，一齐举起你们手里的白旗，像举起
　　你们的心一样，仰看着你们头顶的青天，不转瞬的，
　　恐惶的，像看着你们自己的灵魂一样；
现在时辰到了，你们让你们熬着、壅着、进裂着、
　　滚沸着的眼泪流、直流、狂流、自由的流、痛快
　　的流、尽性的流、像山水出峡似的流、像暴雨倾
　　盆似的流……
现在时辰到了，你们让你们咽着，压迫着，挣扎
　　着，汹涌着的声音嚎，直嚎，狂嚎，放肆的嚎，
　　凶狠的嚎，像飓风在大海波涛间的嚎，像你们丧
　　失了最亲爱的骨肉时的嚎……
现在时辰到了，你们让你们回复了的天性忏悔，让
　　眼泪的滚油煎净了的，让嚎恸的雷霆震醒了的天

性忏悔、默默的忏悔、悠久的忏悔、沉彻的忏悔、
像冷峭的星光照落在一个寂寞的山谷里，像一个
黑衣的尼僧匍伏在一座金漆的神龛前；
……
在眼泪的沸腾里，在嚎恸的醋彻里，在忏悔的沉寂
里，你们望见了上帝永久的威严。

婴儿

我们要盼望一个伟大的事实出现，我们要守候一个
    馨香的婴儿出世：——
你看他那母亲在她生产的床上受罪！
她那少妇的安详，柔和，端丽，现在在剧烈的阵痛里
    变形成不可信的丑恶：你看她那遍体的筋络都在她
    薄嫩的皮肤底里暴涨着，可怕的青色与紫色，像受
    惊的水青蛇在田沟里急洇似的，汗珠站在她的前额
    上像一颗颗的黄豆，她的四肢与身体猛烈的抽搐
    着，畸屈着，奋挺着，纠旋着，仿佛她垫着的席子
    是用针尖编成的，仿佛她的帐围是用火焰织成的；
一个安详的，镇定的，端庄的，美丽的少妇，现在
    在绞痛的惨酷里变形成魔鬼似的可怖：她的眼，
    一时紧紧的阖着，一时巨大的睁着，她那眼，原
    来像冬夜池潭里反映着的明星，现在吐露着青黄
    色的凶焰，眼珠像是烧红的炭火，映射出她灵魂
    最后的奋斗，她的原来朱红色的口唇，现在像是
    炉底的冷灰，她的口颤着、撅着、扭着、死神的
    热烈的亲吻不容许她一息的平安，她的发是散披
    着横在口边，漫在胸前像揪乱的麻丝，她的手指
    间紧抓着几穗拧下来的乱发；

这母亲在她生产的床上受罪——

但她还不曾绝望，她的生命挣扎着血与肉与骨与肢
　　体的纤微，在危崖的边沿上，抵抗着，搏斗着，
　　死神的逼迫；

她还不曾放手，因为她知道（她的灵魂知道！）这
　　苦痛不是无因的，因为她知道她的胎宫里孕育着
　　一点比她自己更伟大的生命的种子，包涵着一个
　　比一切更永久的婴儿；

因为她知道这苦痛是婴儿要求出世的征候，是种子
　　在泥土里爆裂成美丽的生命的消息，是她完成她
　　自己生命的使命的时机；

因为她知道这忍耐是有结果的，在她剧痛的昏瞀
　　中，她仿佛听着上帝准许人间祈祷的声音，她仿
　　佛听着天使们赞美未来的光明的声音；

因此她忍耐着、抵抗着、奋斗着……她抵拼绷断她
　　统体的纤微，她要赎出在她那胎宫里动荡着的生
　　命，在她一个完全美丽的婴儿出世的盼望中，
　　最锐利、最沉酣的痛感逼成了最锐利最沉酣的
　　快感……

天国的消息

可爱的秋景！无声的落叶，
轻盈的，轻盈的，掉落在这小径，
竹篱内，隐约的，有小儿女的笑声：

呖呖的清音，缭绕着村舍的静谧，
仿佛是幽谷里的小鸟，欢噪着清晨，
驱散了昏夜的晦塞，开始无限光明。

霎那的欢欣，昙花似的涌现，
开豁了我的情绪，忘却了春恋，
人生的惶惑与悲哀，惆怅与短促——
在这稚子的欢笑声里，想见了天国！

晚霞泛滥着金色的枫林，
凉风吹拂着我孤独的身形；
我灵海里啸响着伟大的波涛，
应和更伟大的脉搏，更伟大的灵潮！

一个噩梦

我梦见你——呵，你那憔悴的神情！——
　　手捧着鲜花腼腆的做新人；
我恼恨——我恨你的良心，
　　我又不忍，不忍你的疲损。

你为什么负心？我大声的诃问，——
　　但那喜庆的闹乐侵蚀了我的悲愤；
你为什么背盟？我又大声的诃问——
　　那碧绿的灯光照出你两腮的泪痕！

仓皇的，仓皇的，我四顾观礼的来宾——
　　为什么这满堂的鬼影与逼骨的阴森？
我又转眼看那新郎——啊，上帝有灵光！——
　　却原来，偎傍着我爱，是一架骷髅狰狞！

谁知道

我在深夜里坐着车回家——
一个褴褛的老头他使着劲儿拉；
　　天上不见一个星，
　　街上没有一只灯：
　　那车灯的小火
　　冲着街心里的土——
　　左一个颠簸，右一个颠簸
　　拉车的走着他的踉跄步；
　　……

　　"我说拉车的，这道儿哪儿能这么的黑？"
　　"可不是先生？这道儿真——真黑！"
他拉——拉过了一条街，穿过了一座门，
转一个弯，转一个弯，一般的暗沉沉；——
　　天上不见一个星，
　　街上没有一个灯：
　　那车灯的小火
　　蒙着街心里的土——

左一个颠簸，右一个颠簸。

拉车的走着他的踉跄步；

……

"我说拉车的，这道儿哪儿能这么的静？"

"可不是先生？这道儿真——真静！"

他拉——紧贴着一垛墙，长城似的长，

过一处河沿，转入了黑遥遥的旷野；——

天上不露一颗星，

道上没有一只灯：

那车灯的小火

蒙着道儿上的土——

左一个颠簸，右一个颠簸，

拉车的走着他的踉跄步；

……

"我说拉车的，怎么这儿道上一个人都不见？"

"倒是有，先生，就是您不大瞧得见！"

我骨髓里一阵子的冷——

那边青缭缭的是鬼还是人？

仿佛听着呜咽与笑声——

啊，原来这遍地都是坟！

天上不亮一颗星，

道上没有一只灯：

那车灯的小火

缭着道儿上的土——

左一个颠簸，右一个颠簸，

拉车的跨着他的踉跄步；

……

"我说——我说拉车的喂！这道儿哪……哪儿有这
么的远？"

"可不是先生？这道儿真——真远！"

"可是……你拉我回家……你走错了道儿没有？"

"谁知道先生！谁知道走错了道儿没有！"

……

我在深夜里坐着车回家，

一堆不相识的褴褛他使着劲儿拉；

天上不明一颗星，

道上不见一只灯：

只那车灯的小火

袅着道儿上的土——

左一个颠簸，右一个颠簸。

拉车的跨着他的蹒跚步。

再别康桥·徐志摩卷

问谁

问谁？啊，这光阴的播弄
　　问谁去声诉，
在这冻沉沉的深夜，凄风
　　吹拂她的新墓？

"看守，你须用心的看守，
　　这活泼的流溪，
莫错过，在这清波里优游，
　　青脐与红鳍！"

那无声的私语在我的耳边
　　似曾幽幽的吹嘘，——
像秋雾里的远山，半化烟，
　　在晓风前卷舒。

因此我紧揽着我生命的绳网，
　　像一个守夜的渔翁，
兢兢的，注视着那无尽流的时光——
　　私冀有彩鳞掀涌。

但如今，如今只余这破烂的渔网——
　　嘲讽我的希冀，
我喘息的怅望着不复返的时光；
　　泪依依的憔悴！

又何况在这黑夜里徘徊，
　　黑夜似的痛楚：
一个星芒下的黑影凄迷——
　　留连着一个新墓！

问谁……我不敢抢呼，怕惊扰
　　这墓底的清淳；
我俯身，我伸手向她搂抱——
　　啊！这半潮润的新坟！

这惨人的旷野无有边沿，
　　远处有村火星星，
丛林中有鸱鸮在悍辩——
　　此地有伤心，只影！

这黑夜，深沉的，环包着大地；
　　笼罩着你与我——

你，静凄凄的安眠在墓底；

　　我，在迷醉里摩挲！

正愿天光更不从东方

　　按时的泛滥：

我便永远依偎着这墓旁——

　　在沉寂里消幻——

但青曦已在那天边吐露，

　　苏醒的林鸟，

已在远近间相应喧呼——

　　又是一度清晓。

不久，这严冬过去，东风

　　又来催促青条：

便妆缀这冷落的墓宫，

　　亦不无花草飘飘。

但为你，我爱，如今永远封禁

　　在这无情的地下——

我更不盼天光，更无有春信：

　　我的是无边的黑夜！

为要寻一个明星

我骑着一匹拐腿的瞎马，
　　向着黑夜里加鞭；——
　　向着黑夜里加鞭，
我跨着一匹拐腿的瞎马。

我冲入这黑绵绵的昏夜，
　　为要寻一颗明星；——
　　为要寻一颗明星，
我冲入这黑茫茫的荒野。

累坏了，累坏了我胯下的牲口，
　　那明星还不出现；——
　　那明星还不出现，
累坏了，累坏了马鞍上的身手。

这回天上透出了水晶似的光明，
　　荒野里倒着一只牲口，
　　黑夜里躺着一具尸首。——
这回天上透出了水晶似的光明！

在那山道旁

在那山道旁，一天雾濛濛的朝上，
初生的小蓝花在草丛里窥觑，
我送别她归去，与她在此分离，
在青草里飘拂，她的洁白的裙衣。

我不曾开言，她亦不曾告辞，
驻足在山道旁，我暗暗的寻思；
"吐露你的秘密，这不是最好时机？"——
露湛的小草花，仿佛恼我的迟疑。

为什么迟疑，这是最后的时机，
在这山道旁，在这雾茫的朝上？
收集了勇气，向着她我旋转身去：——
但是啊！为什么她这满眼凄惶？

我咽住了我的话，低下了我的头：
火灼与冰激在我的心胸间回荡，
啊，我认识了我的命运，她的忧愁，——
在这浓雾里，在这凄清的道旁！

在那天朝上，在雾茫茫的山道旁，
新生的小蓝花在草丛里睥睨，
我目送她远去，与她从此分离——
在青草间飘拂，她那洁白的裙衣！

雪花的快乐

假如我是一朵雪花，
翩翩的在半空里潇洒，
　我一定认清我的方向——
　　飞飏，飞飏，飞飏，——
这地面上有我的方向。

不去那冷寞的幽谷，
不去那凄清的山麓，
　也不上荒街去惆怅——
　　飞飏，飞飏，飞飏，——
你看，我有我的方向！

在半空里娟娟的飞舞，
认明了那清幽的住处，
　等着她来花园里探望——
　　飞飏，飞飏，飞飏，——
啊，她身上有朱砂梅的清香！

那时我凭借我的身轻，

盈盈的¹，沾住了她的衣襟，

　贴近她柔波似的心胸——

　消溶，消溶，消溶——

　溶入了她柔波似的心胸！

再别康桥·徐志摩卷

1 亦作"凝凝的"。

她在那里

她不在这里，
　　她在那里：

她在白云的光明里：
　　在澹远的新月里；

她在怯露的谷莲里：
　　在莲心的露华里；

她在膜拜的童心里：
　　在天真的烂漫里；

她不在这里，
　　她在自然的至粹里！

不再是我的乖乖

一

前天我是一个小孩，

这海滩最是我的爱；

早起的太阳赛如火炉，

趁暖和我来做我的工夫：

捡满一衣兜的贝壳，

在这海砂上起造宫阙；

哦，这浪头来得凶恶，

冲了我得意的建筑——

我喊一声海，海！

你是我小孩儿的乖乖！

二

昨天我是一个"情种"，

到这海滩上来发疯；

西天的晚霞慢慢的死，

血红变成姜黄，又变紫，

一颗星在半空里窥伺，

我匍伏在砂堆里画字，

一个字，一个字，又一个字，

谁说不是我心爱的游戏？

我喊一声海，海！

不许你有一点儿的更改！

三

今天！咳，为什么要有今天？

不比从前，没了我的疯癫，

再没有小孩时的新鲜，

这回再不来这大海的边沿！

头顶不见天光的方便，

海上只暗沉沉的一片，

暗潮侵蚀了砂字的痕迹，

却不冲淡我悲惨的颜色——

我喊一声海，海！

你从此不再是我的乖乖！

残诗[1]

怨谁？怨谁？这不是青天里打雷？

关着，锁上；赶明儿瓷花砖上堆灰！

别瞧这白石台阶儿光润[2]，赶明儿，唉，

石缝里长草，石板上青青的全是霉！

那廊下的青玉缸里养着鱼，真凤尾，

可还有谁给换水，谁给捞草，谁给喂？

要不了三五天准翻着白肚鼓着眼，

不浮着死，也就让冰分儿压一个扁！

顶可怜是那几个红嘴绿毛的鹦哥，

让娘娘教得顶乖，会跟着洞箫唱歌，

真娇养惯，喂食一迟，就叫人名儿骂，

现在，您叫去！就剩空院子给您答话！……

再别康桥·徐志摩卷

1 原题为《残诗一首》。
2 收录于1925年8月版《志摩的诗》时，"光润"作
  "光滑"。

这是一个懦怯的世界

这是一个懦怯的世界，
　　容不得恋爱，容不得恋爱！
披散你的满头发，
赤露你的一双脚；
　　跟着我来，我的恋爱，
抛弃这个世界
殉我们的恋爱！

我拉着你的手，
爱，你跟着我走；
　　听凭荆棘把我们的脚心刺透，
　　听凭冰雹劈破我们的头，
你跟着我走，
我拉着你的手，
　　逃出了牢笼，恢复我们的自由！

　　跟着我来，
　　我的恋爱！
人间已经掉落在我们的后背，——
看呀，这不是白茫茫的大海？

白茫茫的大海，

白茫茫的大海，

　无边的自由，我与你与恋爱！

顺着我的指头看，

那天边一小星的蓝——

　那是一座岛，岛上有青草，

　鲜花，美丽的走兽与飞鸟；

快上这轻快的小艇，

去到那理想的天庭——

　恋爱，欢欣，自由——辞别了人间，永远！

西伯利亚道中忆西湖秋雪庵芦色作歌

我捡起一枝肥圆的芦梗，

　　在这秋月下的芦田；

我试一试芦笛的新声，

　　在月下的秋雪庵前。

这秋月是纷飞的碎玉，

　　芦田是神仙的别殿；

我弄一弄芦管的幽乐——

　　我映影在秋雪庵前。

我先吹我心中的欢喜——

　　清风吹露芦雪的酥胸；

我再弄我欢喜的心机——

　　芦田中见万点的飞萤。

我记起了我生平的惆怅，

　　中怀不禁一阵的凄迷，

笛韵中也听出了新来凄凉——

　　近水间有断续的蛙啼。

这时候芦雪在明月下翻舞，

　　我暗地思量人生的奥妙，

我正想谱一折人生的新歌，

　　啊，那芦笛（碎了）再不成音调！

这秋月是缤纷的碎玉，

　　芦田是仙家的别殿；

我弄一弄芦管的幽乐，——

　　我映影在秋雪庵前。

我捡起一枝肥圆的芦梗，

　　在这秋月下的芦田；

我试一试芦笛的新声，

　　在月下的秋雪庵前。

147

翡冷翠[1]的一夜

你真的走了，明天？那我，那我，……

你也不用管，迟早有那一天；

你愿意记着我，就记着我，

要不然趁早忘了这世界上

有我，省得想起时空着恼，

只当是一个梦，一个幻想；

只当是前天我们见的残红，

怯怜怜的在风前抖擞，一瓣，

两瓣，落地，叫人踩，变泥……

唉，叫人踩，变泥——变了泥倒干净，

这半死不活的才叫是受罪，

看着寒伧，累赘，叫人白眼——

天呀！你何苦来，你何苦来……

我可忘不了你，那一天你来，

就比如黑暗的前途见了光彩，

你是我的先生，我爱，我的恩人，

你教给我什么是生命，什么是爱，

你惊醒我的昏迷，偿还我的天真，

---

1 翡冷翠（Firenze，意大利文），现通译为"佛罗伦萨"，意大利一个城市的名字。

没有你我哪知道天是高，草是青？

你摸摸我的心，它这下跳得多快；

再摸我的脸，烧得多焦，亏这夜黑

看不见；爱，我气都喘不过来了，

别亲我了；我受不住这烈火似的活，

这阵子我的灵魂就像是火砖上的

熟铁，在爱的锤子下，砸，砸，火花

四散的飞洒……我晕了，抱着我，

爱，就让我在这儿清静的园内，

闭着眼，死在你的胸前，多美！

头顶白杨树上的风声，沙沙的，

算是我的丧歌，这一阵清风，

橄榄林里吹来的，带着石榴花香，

就带了我的灵魂走，还有那萤火，

多情的殷勤的萤火，有他们照路，

我到了那三环洞的桥上再停步，

听你在这儿抱着我半暖的身体，

悲声的叫我、亲我、摇我、咂我，……

我就微笑的再跟着清风走，

随他领着我，天堂、地狱，哪儿都成，

反正丢了这可厌的人生，实现这死

在爱里，这爱中心的死，不强如

五百次的投生？……自私，我知道，

可我也管不着……你伴着我死？

什么，不成双就不是完全的"爱死"，

要飞升也得两对翅膀儿打伙，

进了天堂还不一样的得照顾，

我少不了你，你也不能没有我；

要是地狱，我单身去你更不放心，

你说地狱不定比这世界文明

（虽则我不信，）像我这娇嫩的花朵，

难保不再遭风暴，不叫雨打，

那时候我喊你，你也听不分明，——

那不是求解脱反投进了泥坑，

倒叫冷眼的鬼串通了冷心的人，

笑我的命运，笑你懦怯的粗心？

这话也有理，那叫我怎么办呢？

活着难，太难，就死也不得自由，

我又不愿你为我牺牲你的前程……

唉！你说还是活着等，等那一天！

有那一天吗？——你在，就是我的信心；

可是天亮你就得走，你真的忍心

丢了我走？我又不能留你，这是命；

但这花，没阳光晒，没甘露浸，

不死也不免瓣尖儿焦萎，多可怜！

你不能忘我，爱，除了在你的心里，

我再没有命，是，我听你的话，我等，

等铁树儿开花我也得耐心等；

爱，你永远是我头顶的一颗明星：

要是不幸死了，我就变一个萤火，

在这园里，挨着草根，暗沉沉的飞，

黄昏飞到半夜，半夜飞到天明，

只愿天空不生云，我望得见天，

天上那颗不变的大星，那是你，

但愿你为我多放光明，隔着夜，

隔着天，通着恋爱的灵犀一点⋯⋯

六月十一日，一九二五年翡冷翠山中

在哀克刹脱（Excter）[1] 教堂前

这是我自己的身影，今晚间
　　倒映在异乡教宇的前庭，
一座冷峭峭森严的大殿，
　　一个峭阴阴孤耸的身影。

我对着寺前的雕像发问：
　　"是谁负责这离奇的人生？"
老朽的雕像瞅着我发愣，
　　仿佛怪嫌这离奇的疑问。

我又转问那冷郁郁的大星，
　　它正升起在这教堂的后背，
但它答我以嘲讽似的迷瞬，
　　在星光下相对，我与我的迷谜！

这时间我身旁的那棵老树，
　　他荫蔽着战迹碑下的无辜，

---

1 现通译为"埃克塞特"，英国城市。

幽幽的叹一声长气，像是

　　凄凉的空院里凄凉的秋雨。

他至少有百余年的经验，

　　人间的变幻他什么都见过；

生命的顽皮他也曾计数：

　　春夏间汹汹，冬季里婆婆。

他认识这镇上最老的前辈，

　　看他们受洗，长黄毛的婴孩；

看他们配偶，也在这教门内，——

　　最后看他们的名字上墓碑！

这半悲惨的趣剧他早经看厌，

　　他自身臃肿的残余更不沾恋；

因此他与我同心，发一阵叹息——

　　啊！我身影边平添了斑斑的落叶！

一九二五，七月

再别康桥·徐志摩卷

我有一个恋爱

我有一个恋爱，

我爱天上的明星，

我爱它们的晶莹：——

　　人间没有这异样的神明！

在冷峭的暮冬的黄昏，

在寂寞的灰色的清晨，

在海上，在风雨后的山顶：——

　　永远有一颗，万颗的明星！

山涧边小草花的知心，

高楼上小孩童的欢欣，

旅行人的灯亮与南针：——

　　万万里外闪烁的精灵！

我有一个破碎的魂灵，

像一堆破碎的水晶，

散布在荒野的枯草里：——

　　饱啜你一瞬瞬的殷勤。

人生的冰激与柔情，

我也曾尝味，我也曾容忍；

有时阶砌下蟋蟀的秋吟：——

　　引起我心伤，逼迫我泪零。

我袒露我的坦白的胸襟，

献爱与一天的明星；

任凭人生是幻是真，

地球存在或是消泯：——

　　天空中永远有不昧的明星！

多谢天！我的心又一度的跳荡

多谢天！我的心又一度的跳荡，

这天蓝与海青与明洁的阳光，

驱净了梅雨时期无欢的踪迹，

也散放了我心头的网罗与纽结，

像一朵曼陀罗花英英的露爽，

在空灵与自由中忘却了迷惘：——

迷惘，迷惘！也不知来自何处，

囚禁着我心灵的自然的流露，

可怖的梦魇，黑夜无边的惨酷，

苏醒的盼切，只增剧灵魂的麻木！

曾经有多少的白昼，黄昏，清晨，

嘲讽我这蚕茧似不生产的生存？

也不知有几遭的明月，星群，晴霞，

山岭的高亢与流水的光华……

辜负！辜负自然界叫唤的殷勤，

惊不醒这沉醉的昏迷与顽冥！

如今，多谢这无名的博大的光辉，

在艳色的青波与绿岛间萦洄，

更有那渔船与帆影，亭亭的黏附

在天边，唤起辽远的梦景与梦趣：
我不由的惊悚，我不由的感愧；
（有时微笑的妩媚是启悟的棒槌！）
是何来倏忽的神明，为我解脱
忧愁，新竹似的豁裂了外箨，
透露内裹的青篁，又为我洗净
障眼的盲翳，重见宇宙间的欢欣。

这或许是我生命重新的机兆；
大自然的精神！容纳我的祈祷，
容许我的不踌躇的注视，容许
我的热情的献致，容许我保持
这显示的神奇，这现在与此地，
这不可比拟的一切间隔的毁灭！
我更不问我的希望，我的惆怅，
未来与过去只是渺茫的幻想，
更不向人间访问幸福的进门，
只求每时分给我不死的印痕，——
变一颗埃尘，一颗无形的埃尘，
追随着造化的车轮，进行，进行……

再别康桥·徐志摩卷

起造一座墙

你我千万不可亵渎那一个字，

别忘了在上帝跟前起的誓。

我不仅要你最柔软的柔情，

蕉衣似的永远裹着我的心；

我要你的爱有纯钢似的强，

在这流动的生里起造一座墙；

任凭秋风吹尽满园的黄叶，

任凭白蚁蛀烂千年的画壁；

就使有一天霹雳震翻了宇宙，——

也震不翻你我"爱墙"内的自由！

海韵

一

"女郎，单身的女郎，

　你为什么留恋

　这黄昏的海边？——

女郎，回家吧，女郎！"

"啊不；回家我不回，

　我爱这晚风吹。"——

　在沙滩上，在暮霭里，

有一个散发的女郎——

　　　　徘徊，徘徊。

二

"女郎，散发的女郎，

　你为什么彷徨

　在这冷清的海上？

女郎，回家吧，女郎！"

　"啊不；你听我唱歌，

　大海，我唱，你来和。"——

　在星光下，在凉风里，

轻荡着少女的清音——

　　　　　高吟，低哦。

　　　三

"女郎，胆大的女郎！

　那天边扯起了黑幕，

　这顷刻间有恶风波，——

女郎，回家吧，女郎！"

　"啊不；你看我凌空舞，

　学一个海鸥没海波。"——

　在夜色里，在沙滩上，

急旋着一个苗条的身影——

　　　　　婆娑，婆娑。

　　　四

"听呀，那大海的震怒，

　女郎，回家吧，女郎！

看呀，那猛兽似的海波，

　女郎，回家吧，女郎！"

　"啊不；海波他不来吞我，

　我爱这大海的颠簸！"——

在潮声里，在波光里，

啊，一个慌张的少女在海沫里，

　　　　　　　　蹉跎，蹉跎。

五

　　"女郎，在哪里，女郎？

　　　在哪里，你嘹亮的歌声？

　　在哪里，你窈窕的身影？

　　　在哪里，啊，勇敢的女郎？"

　　黑夜吞没了星辉，

　　　这海边再没有光芒；

　　海潮吞没了沙滩，

　　沙滩上再不见女郎，——

　　　　　　　　再不见女郎！

呻吟语

我亦愿意赞美这神奇的宇宙，
我亦愿意忘却了人间有忧愁，
　　像一只没挂累的梅花雀，
　　清朝上歌唱，黄昏时跳跃；——
假如她清风似的常在我的左右！

我亦想望我的诗句清水似的流，
我亦想望我的心池鱼似的悠悠；
　　但如今膏火是我的心，
　　再休问我闲暇的诗情？——
上帝！你一天不还她生命与自由！

我来扬子江边买一把莲蓬[1]

我来扬子江边买一把莲蓬；

　　手剥一层层莲衣，

　　看江鸥在眼前飞，

　　忍含着一眼悲泪——

我想着你，我想着你，啊小龙！

我尝一尝莲瓤，回味曾经的温存：——

　　那阶前不卷的重帘，

　　掩护着同心的欢恋，

　　我又听着你的盟言，

"永远是你的，我的身体，我的灵魂。"

我尝一尝莲心，我的心比莲心苦；

　　我长夜里怔忡，

　　挣不开的恶梦，

　　谁知我的苦痛？

你害了我，爱，这日子叫我如何过？

163

1 本诗最初见于1925年9月9日《志摩日记·爱眉小札》内。

但我不能责你负，我不忍猜你变，

　　我心肠只是一片柔：

　　你是我的！我依旧将你紧紧的抱搂——

除非是天翻——但谁能想象那一天？ [2]

2　日记中此句为："但我不能想象那一天！"篇末署有：
　　"九月四日沪宁道上。"

客中[1]

今晚天上有半轮的下弦月；

　　我想携着她的手，

　　往明月多处走——

一样是清光，我说，圆满或残缺。

园里有一树开剩的玉兰花；

　　她有的是爱花癖，

　　我爱看她的怜惜——

一样是芬芳，她说，满花与残花。

浓荫里有一只过时的夜莺；

　　她受了秋凉，

　　不如从前浏亮——

快死了，她说，但我不悔我的痴情！

但这莺，这一树花，这半轮月——

　　我独自沉吟，

1　本诗写于1920年10月，徐志摩在伦敦留学期间。原载
　1925年12月10日《晨报副刊》，署名海谷。

对着我的身影——

她在那里，啊，为什么伤悲，凋谢，残缺？

再不见雷峰[1]

再不见雷峰，雷峰坍成了一座大荒冢，

　　顶上有不少交抱的青葱；

　　顶上有不少交抱的青葱，

再不见雷峰，雷峰坍成了一座大荒冢。

发什么感慨，对着这光阴应分的摧残？

　　世上多的是不应分的变态；

　　世上多的是不应分的变态，

发什么感慨，对着这光阴应分的摧残？

为什么感慨，这塔是镇压，这坟是掩埋——

　　镇压还不如掩埋来得痛快！

　　镇压还不如掩埋来得痛快，

发什么感慨，这塔是镇压，这坟是掩埋！

再没有雷峰，雷峰从此掩埋在人的记忆中，

　　像曾经的幻梦，曾经的爱宠；

1 1924年9月25日，西湖边巍然耸立了400年的雷峰塔轰然
倒塌。本诗即志此事。写于1925年9月，初载同年10月5
日《晨报副刊》，署名志摩。

像曾经的幻梦，曾经的爱宠，

再没有雷峰，雷峰从此掩埋在人的记忆中。

九月，西湖。

再不迟疑[1]

我不辞痛苦，因为我要认识你，上帝；

我甘心，甘心在火焰里存身，

到最后那时辰见我的真，

见我的真，我定了主意，上帝，再不迟疑!

······

我再不想成仙，蓬莱不是我的分；

我只要这地面，情愿安分的做人。

再别康桥·徐志摩卷

1 此诗摘于诗人1925年10月5日在《晨报副镌》上发表的
《迎上前去》一文。

这年头活着不易

昨天我冒着大雨到烟霞岭下访桂：

　　南高峰在烟霞中不见，

　　在一家松茅铺的屋檐前

　　我停步，问一个村姑今年

翁家山的桂花有没有去年开的媚。

那村姑先对着我身上细细的端详：

　　活像只羽毛浸瘪了的鸟，

　　我心想，她定觉得蹊跷，

　　在这大雨天单身走远道，

倒来没来头的问桂花今年香不香。

"客人，你运气不好，来得太迟又太早：

　　这里就是有名的满家弄，

　　往年这时候到处香得凶，

　　这几天连绵的雨，外加风，

弄得这稀糟，今年的早桂就算完了。"

果然这桂子林也不能给我点子欢喜：

　　枝上只见焦萎的细蕊，

看着凄惨，唉，无妄的灾！

为什么这到处是憔悴？

这年头活着不易！这年头活着不易！

西湖，九月。

三月十二深夜大沽口外

今夜困守在大沽口外：

　　绝海里的俘虏，

　　对着忧愁申诉；

桅上的孤灯在风前摇摆：

　　天昏昏有层云裹，

　　那掣电是探海火！

你说不自由是这变乱的时光？

　　但变乱还有时罢休，

　　谁敢说人生有自由？

今天的希望变作明天的怅惘；

　　星光在天外冷眼瞅，

　　人生是浪花里的浮沤！

我此时在凄冷的甲板上徘徊，

　　听海涛迟迟的吐沫，

　　心空如不波的湖水；

只一丝云影在这湖心里晃动——

不曾渗透的一个迷梦，

不忍渗透的一个迷梦！

再别康桥·徐志摩卷

新催妆曲

一

新娘，你为什么紧锁你的眉尖，

    （听掌声如春雷吼，

    鼓乐暴雨似的流！）

在缤纷的花雨中步慵慵的向前：

    （向前，向前，到礼台边，

    见新郎面！）

莫非这嘉礼惊醒了你的忧愁：

    一针针的忧愁，

    你的芳心刺透，

    逼迫你热泪流，——

新娘，为什么你紧锁你的眉尖?

二

新娘，这礼堂不是杀人的屠场

    （听掌声如震天雷，

    闹乐暴雨似的催！）

那台上站着的不是吃人的魔王：

    他是新郎，

他是新郎，

你的新郎；

新娘，美满的幸福等在你的前面，

你快向前，

到礼台边，

见新郎面——

新娘，这礼堂不是杀人的屠场！

三

新娘，有谁猜得你的心头怨？——

（听掌声如劈山雷，

鼓乐暴雨似的催，

催花巍巍的新人快步的向前，

向前，向前，到礼台边，

见新郎面。）

莫非你到今朝，这定运的一天，

又想起那时候，

他热烈的抱搂，

那颤栗，那绸缪——

新娘，有谁猜得你的心头怨？

四

新娘，把钩消的墓门压在你的心上：

     （这礼堂是你的坟场，

     你的生命从此埋葬！）

让伤心的热血添浓你颊上的红光；

     （你快向前，到礼台边，

     见新郎面！）

忘却了，永远忘却了人间有一个他：

     让时间的灰烬，

     掩埋了他的心，

     他的爱，他的影，——

新娘，谁不艳羡你的幸福，你的荣华！

再别康桥·人间四月天

176

半夜深巷琵琶

又被它从睡梦中惊醒，深夜里的琵琶！

　　是谁的悲思，

　　是谁的手指，

像一阵凄风，像一阵惨雨，像一阵落花，

　　在这夜深深时，

　　在这睡昏昏时，

挑动着紧促的弦索，乱弹着宫商角徵，

　　和着这深夜，荒街，

　　柳梢头有残月挂，

啊，半轮的残月，像是破碎的希望，他

　　头戴一顶开花帽，

　　身上带着铁链条，

在光阴的道上疯了似的跳，疯了似的笑，

　　完了，他说，吹糊你的灯，

　　她在坟墓的那一边等，

等你去亲吻，等你去亲吻，等你去亲吻！

偶然[1]

我是天空里的一片云，

偶尔投影在你的波心——

　　你不必讶异，

　　更无须欢喜——

在转瞬间消灭了踪影。

你我相逢在黑夜的海上，

你有你的，我有我的，方向；

　　你记得也好，

　　最好你忘掉，

在这交会时互放的光亮！

---

1 这是徐志摩和陆小曼合写剧本《卞昆冈》第五幕里老瞎
　子的唱词。据林徽因之子梁从诫在《倏忽人间四月天——
　回忆我的母亲林徽因》一文中说，这首诗和后面的《你
　去》，都是徐志摩与林徽因重逢后，为林徽因所作。

"拿回吧，劳驾，先生"[1]

啊，果然有今天，就不算如愿，

她这"我求你"也就够可怜！

"我求你，"她信上说，"我的朋友，

给我一个快电，单说你平安，

多少也叫我心宽。"叫她心宽！

扯来她忘不了的还是我——我，

虽则她的傲气从不肯认服；

害得我多苦，这几年叫痛苦

带住了我，像磨面似的尽磨！

还不快发电去，傻子，说太显——

或许不便，但也不妨占一点

颜色，叫她明白我不曾改变，

咳何止，这炉火更旺似从前！

179

1 关于此诗，梁锡华在《徐志摩新传》中写道："志摩对林
徽因一直痴心不断，到民国十四或十五年之间，志摩忽
然接到林徽因消息，说她极盼收到他的信。志摩在既喜
且急之余，马上拍个电报作复，但最后却发现是跟他开
玩笑，……乃写下《拿回吧，劳驾，先生》一诗以志其
事。"此诗刊于《晨报副刊·诗镌》时，署名"南湖"。

我已经靠在发电处的窗前，

震震的手写来震震的情电，

递给收电的那位先生，问这

该多少钱，但他看了看电文，

又看我一眼，迟疑的说："先生，

您没重打吧？方才半点钟前，

有一位年轻的先生也来发电，

那地址，那人名，全跟这一样，

还有那电文，我记得对，我想，

也是这……先生，您明白，反正

意思相似，就这签名不一样！"

"呃！是吗？噢，可不是，我真是昏！

发了又重发；拿回吧！劳驾，先生。"

珊瑚

你再不用想我说话，
　我的心早沉在海水底下；
你再不用向我叫唤，
　因为我——我再不能回答！

除非你——除非你也来在
　这珊瑚骨环绕的又一世界；
等海风定时的一刻清静，
　你我来交互你我的幽叹。

俘虏颂

我说朋友，你见了没有，那俘虏：

　　拼了命也不知为谁，

　　提着杀人的凶器，

　　带着杀人的恶计，

　　趁天没有亮，堵着嘴，

望长江的浓雾里悄悄的飞渡；

趁太阳还在崇明岛外打盹，

　　满江心只是一片阴，

　　破着褴褛的江水，

　　不提防冤死的鬼，

　　爬在时间背上讨命，

挨着这一船船替死来的接吻；

他们摸着了岸就比到了天堂：

　　顾不得险，顾不得潮，

　　一耸身就落了地

　　（梦里的青蛙惊起，）

　　踹烂了六朝的青草，

燕子矶的嶙峋都变成了康庄！

干什么来了，这"大无畏"的精神？

　　算是好男子不怕死？——

　　为一个人的荒唐，

　　为几块钱的奖赏，

　　闯进了魔鬼的圈子，

供献了身体，在乌龙山下变粪？

看他们今儿个做俘虏的光荣！

　　身上脸上全挂着彩，

　　眉眼糊成了玫瑰，

　　口鼻裂成了山水，

　　脑袋顶着朵大牡丹，

在夫子庙前，在秦淮河边寻梦！

九月四日

　　此诗原投《现代评论》，刊出后编辑先生来信，说他擅主割去了末了一段，因为有了那一段诗意即成了"反革命'，剪了那一段则是"绝妙的一首革命诗"，因而为报也为作者，他决意割去了那条不革命的尾巴！我原稿就只那一份，割去那一段我也记不起，重做也不愿意，要删又有朋友不让，所以就让它照这"残样"站着吧。

志摩

最后的那一天

在春风不再回来的那一年，
在枯枝不再青条的那一天，
　那时间天空再没有光照，
　只黑蒙蒙的妖氛弥漫着：
太阳，月亮，星光死去了的空间；

在一切标准推翻的那一天，
在一切价值重估的那时间，
　暴露在最后审判的威灵中，
　一切的虚伪与虚荣与虚空，
赤裸裸的灵魂们匍匐在主的跟前；——

我爱，那时间你我再不必张皇，
更不须声诉，辨冤，再不必隐藏，——
　你我的心，像一朵雪白的并蒂莲，
　在爱的青梗上秀挺，欢欣，鲜妍，——
在主的跟前，爱是唯一的荣光。

秋虫

秋虫，你为什么来？

人间早不是旧时候的清闲；

这青草，这白露，也是呆：

再也没有用，这些诗材！

黄金才是人们的新宠，

她占了白天，又霸住梦！

爱情：像白天里的星星，

她早就回避，早没了影。

天黑它们也不得回来，

半空里永远有乌云盖。

还有廉耻也告了长假，

他躺在沙漠地里住家；

花尽着开可结不成果，

思想被主义奸污得苦！

你别说这日子过得闷，

晦气脸的还在后面跟！

这一半也是灵魂的懒，

他爱躲在园子里种菜，

"不管，"他说："听他往下丑——

变猪，变蛆，变蛤蟆，变狗……

过天太阳羞得遮了脸，

月亮残阙了再不肯圆，

到那天人道真灭了种，

我再来打——打革命的钟！"

一九二七年秋

再别康桥·徐志摩卷

我不知道风是在哪一个方向吹

我不知道风
是在哪一个方向吹——
我是在梦中，
在梦的轻波里依洄。

我不知道风
是在哪一个方向吹——
我是在梦中，
她的温存，我的迷醉。

我不知道风
是在哪一个方向吹——
我是在梦中，
甜美是梦里的光辉。

我不知道风
是在哪一个方向吹——
我是在梦中，
她的负心，我的伤悲。

我不知道风

是在哪一个方向吹——

我是在梦中,

在梦的悲哀里心碎!

我不知道风

是在哪一个方向吹——

我是在梦中,

黯淡是梦里的光辉。

哈代

哈代，厌世的，不爱活的，
　这回再不用怨言，
一个黑影蒙住他的眼？
　去了，他再不露脸。

八十八年不是容易过，
　老头活该他的受，
扛着一肩思想的重负，
　早晚都不得放手。

为什么放着甜的不尝，
　暖和的座儿不坐，
偏挑那阴凄的调儿唱，
　辣味儿辣得口破。

他是天生那老骨头僵，
　一对眼拖着看人，
他看着了谁谁就遭殃，
　你不用跟他讲情！

他就爱把世界剖着瞧，
　　是玫瑰也给拆坏；
他没有那画眉的纤巧，
　　他有夜鸮的古怪！

古怪，他争的就只一点——
　　一点灵魂的自由，
也不是成心跟谁翻脸，
　　认真就得认个透。

他可不是没有他的爱——
　　他爱真诚，爱慈悲：
人生就说是一场梦幻，
　　也不能没有安慰。

这日子你怪得他惆怅，
　　怪得他话里有刺：
他说乐观是"死尸脸上
　　抹着粉，搽着胭脂！"

这不是完全放弃希冀，
　　宇宙还得往下延，

但如果前途还有生机，

　　思想先不能随便。

为维护这思想的尊严，

　　诗人他不敢怠惰，

高擎着理想，睁大着眼，

　　抉剔人生的错误。

现在他去了，再不说话，

　　（你听这四野的静，）

他爱忘了他就忘了他

　　（天吊明哲的凋零！）

　　　　　　旧历元旦

生活

阴沉，黑暗，毒蛇似的蜿蜒，
生活逼成了一条甬道：
一度陷入，你只可向前，
手扪索着冷壁的黏潮，

在妖魔的脏腑内挣扎，
头顶不见一线的天光
这魂魄，在恐怖的压迫下，
除了消灭更有什么愿望？

五月二十九日

他眼里有你

我攀登了万仞的高冈，
荆棘扎烂了我的衣裳，
我向飘渺的云天外望——
　　上帝，我望不见你！

我向坚厚的地壳里掏，
捣毁了蛇龙们的老巢，
在无底的深潭里我叫——
　　上帝，我听不到你！

我在道旁见一个小孩：
活泼、秀丽、褴褛的衣衫；
他叫声妈，眼里亮着爱——
　　上帝，他眼里有你！

　　　　　　十一月二日星家坡[1]

1 现通译为"新加坡"。

再别康桥[1]

轻轻的我走了，

    正如我轻轻的来；

我轻轻的招手，

    作别西天的云彩。

那河畔的金柳，

    是夕阳中的新娘；

波光里的艳影，

    在我的心头荡漾。

软泥上的青荇，

    油油的在水底招摇；

在康河的柔波里，

    我甘心做一条水草！

1 本诗是徐志摩最脍炙人口的诗篇，也是新月派诗歌的代表作品，最初刊登在1928年12月10日《新月》月刊第1卷第10号上，后收入《猛虎集》。1926年，徐志摩与陆小曼结婚后，很快在文学与生活上均郁郁不得志。为了暂时摆脱这种窘境，他于1928年重游康桥，盼望找回往昔的美好回忆。本诗即写于同年11月6日，诗人最后一次欧游归国的途中。

那榆荫下的一潭，

    不是清泉，是天上虹，

揉碎在浮藻间，

    沉淀着彩虹似的梦。

寻梦？撑一支长篙，

    向青草更青处漫溯，

满载一船星辉，

    在星辉斑斓里放歌。

但我不能放歌，

    悄悄是别离的笙箫；

夏虫也为我沉默，

    沉默是今晚的康桥！

悄悄的我走了，

    正如我悄悄的来；

我挥一挥衣袖，

    不带走一片云彩。

        十一月六日　中国海上

春的投生

昨晚上，

再前一晚也是的，

在雷雨的猖狂中

春

　　投生入残冬的尸体。

不觉得脚下的松软，

耳鬓间的温驯吗?

树枝上浮着青，

潭里的水漾成无限的缠绵;

再有你我肢体上

胸膛间的异样的跳动;

桃花早已开上你的脸，

我在更敏锐的消受

你的媚，吞咽

你的连珠的笑;

你不觉得我的手臂

更迫切的要求你的腰身，

我的呼吸投射到你的身上
如同万千的飞萤投向光焰?

这些，还有别的许多说不尽的，
和着鸟雀们的热情的回荡，
都在手携手的赞美着
春的投生。

二月二十八日

我等候你

我等候你。

我望着户外的昏黄

如同望着将来，

我的心震盲了我的听。

你怎还不来？希望

在每一秒钟上允许开花。

我守候着你的步履，

你的笑语，你的脸，

你的柔软的发丝，

守候着你的一切；

希望在每一秒钟上

枯死——你在哪里？

我要你，要得我心里生痛，

我要你的火焰似的笑，

要你的灵活的腰身，

你的发上眼角的飞星；

我陷落在迷醉的氛围中，

像一座岛，

在蟒绿的海涛间，不自主的在浮沉……

喔，我迫切的想望

你的来临，想望

那一朵神奇的优昙

开上时间的顶尖!

你为什么不来，忍心的?

你明知道，我知道你知道，

你这不来于我是致命的一击，

打死我生命中乍放的阳春，

教坚实如矿里的铁的黑暗，

压迫我的思想与呼吸;

打死可怜的希冀的嫩芽，

把我，囚犯似的，交付给

妒与愁苦，生的羞惭

与绝望的惨酷。

这也许是痴。竟许是痴。

我信我确然是痴;

但我不能转拨一支已然定向的舵，

万方的风息都不容许我犹豫——

我不能回头，运命驱策着我!

我也知道这多半是走向

毁灭的路;但

为了你，为了你

我什么也都甘愿;

这不仅我的热情，

我的仅有的理性亦如此说。

痴！想礋碎一个生命的纤微

为要感动一个女人的心！

想博得的，能博得的，至多是

她的一滴泪，

她的一阵心酸，

竟许一半声漠然的冷笑；

但我也甘愿，即使

我粉身的消息传到

她的心里如同传给

一块顽石，她把我看作

一只地穴里的鼠，一条虫，

我还是甘愿！

痴到了真，是无条件的，

上帝他也无法调回一个

痴定了的心，如同一个将军

有时调回已上死线的士兵。

枉然，一切都是枉然，

你的不来是不容否认的实在，

虽则我心里烧着泼旺的火，

饥渴着你的一切，

你的发，你的笑，你的手脚；

任何的痴想与祈祷

不能缩短一小寸

你我间的距离！

户外的昏黄已然

凝聚成夜的乌黑，

树枝上挂着冰雪，

鸟雀们典去了它们的啁啾，

沉默是这一致穿孝的宇宙。

钟上的针不断的比着

玄妙的手势，像是指点，

像是同情，像是嘲讽，

每一次到点的打动，我听来是

我自己的心的

活埋的丧钟。

阔的海

阔的海空的天我不需要，
我也不想放一只巨大的纸鹞
上天去捉弄四面八方的风；

　　我只要一分钟

　　我只要一点光

　　我只要一条缝，——

　　像一个小孩爬伏

　　在一间暗屋的窗前

　　望着西天边不死的一条

缝，一点

光，一分

钟。

黄鹂

一掠颜色飞上了树，
　"看，一只黄鹂！"有人说。
翘着尾尖，它不作声，
艳异照亮了浓密——
　像是春光，火焰，像是热情。

等候它唱，我们静着望，
怕惊了它。但它一展翅，
冲破浓密，化一朵彩云；
它飞了，不见了，没了——
　像是春光，火焰，像是热情。

残破

一

深深的在深夜里坐着：
当窗有一团不圆的光亮，
　　风挟着灰土，在大街上
　　小巷里奔跑：
我要在枯秃的笔尖上袅出
一种残破的残破的音调，
为要抒写我的残破的思潮。

二

深深的在深夜里坐着：
生尖角的夜凉在窗缝里
　　妒忌屋内残余的暖气，
　　也不饶恕我的肢体：
但我要用我半干的墨水描成
一些残破的残破的花样，
因为残破，残破是我的思想。

三

深深的在深夜里坐着，
左右是一些丑怪的鬼影：
　　焦枯的落魄的树木
　　　　在冰沉沉的河沿叫喊，
　　　　比着绝望的姿势，
正如我要在残破的意识里
重兴起一个残破的天地。

四

深深的在深夜里坐着，
闭上眼回望到过去的云烟：
啊，她还是一枝冷艳的白莲，
　　斜靠着晓风，万种的玲珑；
但我不是阳光，也不是露水，
我有的只是些残破的呼吸，
　　如同封锁在壁椽间的群鼠，
追逐着，追求着黑暗与虚无！

秋月

一样是月色，

今晚上的，因为我们都在抬头看——

看它，一轮腴满的妩媚，

从乌黑得如同暴徒一般的

云堆里升起——

看得格外的亮，分外的圆。

它展开在道路上，

它飘闪在水面上，

它沉浸在

水草盘结得如同忧愁般的水底；

它睥睨在古城的雉堞上，

万千的城砖在它的清亮中呼吸，

它抚摸着

错落在城厢外内的墓墟，

在宿鸟的断续的呼声里，

想见新旧的鬼，

也和我们似的相依偎的站着，

眼珠放着光，

咀嚼着彻骨的阴凉：

银色的缠绵的诗情

如同水面的星磷，

在露盈盈的空中飞舞。

听那四野的吟声——

永恒的卑微的谐和，

悲哀揉和着欢畅，

怨仇与恩爱，

晦冥交抱着火电，

在这夐绝的秋夜与秋野的

苍茫中，

"解化"的伟大

在一切纤微的深处

展开了

婴儿的微笑！

十月中

爱的灵感
——奉适之

下面这些诗行好歹是他撩拨出来的，正如这十
年来大多数的诗行好歹是他撩拨出来的！

不妨事了，你先坐着罢。
这阵子可不轻，我当是
已经完了，已经整个的
脱离了这世界，飘渺的，
不知到了哪儿。仿佛有
一朵莲花似的云拥着我，
（她脸上浮着莲花似的笑）
拥着到远极了的地方去……
唉，我真不希罕再回来，
人说解脱，那许就是罢！
我就像是一朵云，一朵
纯白的，纯白的云，一点
不见分量，阳光抱着我，
我就是光，轻灵的一球，
往远处飞，往更远处飞；
什么累赘，一切的烦愁，

恩情，痛苦，怨，全都远了；

就是你——请你给我口水，

是橙子吧，上口甜着哪——

就是你，你是我的谁呀！

就你也不知哪里去了：

就有也不过是晓光里

一发的青山，一缕游丝，

一翳微妙的晕；说至多

也不过如此，你再要多

我那朵云也不能承载，

你，你得原谅，我的冤家！……

不碍，我不累，你让我说，

我只要你睁着眼，就这样，

叫哀怜与同情，不说爱，

在你的泪水里开着花，

我陶醉着它们的幽香；

在你我这最后，怕是吧，

一次的会面，许我放娇，

容许我完全占定了你，

就这一晌，让你的热情，

像阳光照着一流幽涧，

透澈我的凄冷的意识；

你手把住我的，正这样，

你看你的壮健，我的衰，

容许我感受你的温暖，

感受你在我血液里流，

鼓动我将次停歇的心，

留下一个不死的印痕：

这是我唯一，唯一的祈求……

好，我再喝一口，美极了，

多谢你。现在你听我说。

但我说什么呢？到今天，

一切事都已到了尽头，

我只等待死，等待黑暗，

我还能见到你，偎着你，

真像情人似的说着话，

因为我够不上说那个，

你的温柔春风似的围绕，

这于我是意外的幸福，

我只有感谢，（她合上眼。）

什么话都是多余，因为

话只能说明能说明的，

更深的意义，更大的真，

朋友，你只能在我的眼里，

在枯干的泪伤的眼里认取。

　　我是个平常的人，

我不能盼望在人海里

值得你一转眼的注意。

你是天风：每一个浪花

一定得感到你的力量，

从它的心里激出变化，

每一根小草也一定得

在你的踪迹下低头，在

绿的颤动中表示惊异；

但谁能止限风的前程，

他横掠过海，作一声吼，

狮虎似的扫荡着田野，

当前是冥茫的无穷，他

如何能想起曾经呼吸

到浪的一花，草的一瓣？

遥远是你我间的距离；

远，太远！假如一只夜蝶

有一天得能飞出天外，

在星的烈焰里去变灰

（我常自己想）那我也许

有希望接近你的时间。

唉，痴心，女子是有痴心的，

你不能不信罢？有时候

我自己也觉得真奇怪，

心窝里的牢结是谁给

打上的？为什么打不开？

那一天我初次望到你，

你闪亮得如同一颗星，

我只是人丛中的一点，

一撮沙土，但一望到你，

我就感到异样的震动，

猛袭到我生命的全部，

真像是风中的一朵花，

我内心摇晃得像昏晕，

脸上感到一阵的火烧，

我觉得幸福，一道神异的

光亮在我的眼前扫过，

我又觉得悲哀，我想哭，

纷乱占据了我的灵府。

但我当时一点不明白，

不知这就是陷入了爱！

"陷入了爱"，真是的！前缘，

孽债，不知到底是什么？

但从此我再没有平安，

是中了毒，是受了催眠，

教运命的铁链给锁住，

我再不能踌躇：我爱你！

从此起，我的一瓣瓣的
思想都染着你，在醒时，
在梦里，想躲也躲不去，
我抬头望，蓝天里有你，
我开口唱，悠扬里有你，
我要遗忘，我向远处跑，
另走一道，又碰到了你！
枉然是理智的殷勤，因为
我不是盲目，我只是痴！
但我爱你，我不是自私。
爱你，但永不能接近你。
爱你，但从不要享受你。
即使你来到我的身边，
我许向你望，但你不能
丝毫觉察到我的秘密。
我不妒忌，不艳羡，因为
我知道你永远是我的，
它不能脱离我正如我
不能躲避你，别人的爱
我不知道，也无须知晓，
我的是我自己的造作，
正如那林叶在无形中
收取早晚的霞光，我也

在无形中收取了你的。
我可以，我是准备，到死
不露一句，因为我不必。
死，我是早已望见了的。
那天爱的结打上我的
心头，我就望见死，那个
美丽的永恒的世界；死，
我甘愿的投向，因为它
是光明与自由的诞生。
从此我轻视我的躯体，
更不计较今世的浮荣，
我只企望着更绵延的
时间来收容我的呼吸，
灿烂的星做我的眼睛，
我的发丝，那般的晶莹，
是纷披在天外的云霞，
博大的风在我的腋下
胸前眉宇间盘旋，波涛
冲洗我的胫踝，每一个
激荡涌出光艳的神明！
再有电火做我的思想，
天边掣起蛇龙的交舞，
雷震我的声音，蓦地里

叫醒了春，叫醒了生命。

无可思量，呵，无可比况，

这爱的灵感，爱的力量！

正如旭日的威棱扫荡

田野的迷雾，爱的来临

也不容平凡，卑琐以及

一切的庸俗侵占心灵，

它那原来清爽的平阳。

我不说死吗？更不畏惧，

再没有疑虑，再不吝惜

这躯体如同一个财库，

我勇猛的用我的时光。

用我的时光，我说？天哪，

这多少年是亏我过的！

没有朋友，离背了家乡，

我投到那寂寞的荒城，

在老农中间学做老农，

穿着大布，脚登着草鞋，

栽青的桑，栽白的木棉，

在天不曾放亮时起身，

手搅着泥，头戴着炎阳，

我做工，满身浸透了汗，

一颗热心抵挡着劳倦；

但渐次的我感到趣味，
收拾一把草如同珍宝，
在泥水里照见我的脸，
涂着泥，在坦白的云影
前不露一些羞愧！自然
是我的享受；我爱秋林，
我爱晚风的吹动，我爱
枯苇在晚凉中的颤动，
半残的红叶飘摇到地，
鸦影侵入斜日的光圈；
更可爱是远寺的钟声
交挽村舍的炊烟共做
静穆的黄昏！我做完工，
我慢步的归去，冥茫中
有飞虫在交哄，在天上
有星，我心中亦有光明！
到晚上我点上一支蜡，
在红焰的摇曳中照出
板壁上唯一的画像，
独立在旷野里的耶稣，
（因为我没有你的除了
悬在我心里的那一幅，）
到夜深静定时我下跪，

望着画像做我的祈祷，
有时我也唱，低声的唱，
发放我的热烈的情愫
缕缕青烟似的上通到天。
但有谁听到，有谁哀怜？
你踞坐在荣名的顶巅，
有千万人迎着你鼓掌，
我，陪伴我有冷，有黑夜，
我流着泪，独跪在床前！
一年，又一年，再过一年，
新月望到圆，圆望到残，
寒雁排成了字，又分散，
鲜艳长上我手栽的树，
又叫一阵风给刮做灰。
我认识了季候，星月与
黑夜的神秘，太阳的威，
我认识了地土，它能把
一颗子培成美的神奇，
我也认识一切的生存，
爬虫，飞鸟，河边的小草，
再有乡人们的生趣，我
也认识，他们的单纯与
真，我都认识。

跟着认识

是愉快，是爱，再不畏虑
孤寂的侵凌。那三年间
虽则我的肌肤变成粗，
焦黑熏上脸，剥坼刻上
手脚，我心头只有感谢：
因为照亮我的途径有
爱，那盏神灵的灯，再有
穷苦给我精力，推着我
向前，使我怡然的承当
更大的穷苦，更多的险。
你奇怪吧，我有那能耐？
不可思量是爱的灵感！
我听说古时间有一个
孝女，她为救她的父亲
胆敢上犯君王的天威，
那是纯爱的驱使我信。
我又听说法国中古时
有一个乡女子叫贞德，
她有一天忽然脱去了
她的村服，丢了她的羊，
穿上戎装拿着刀，带领
十万兵，高叫一声"杀贼"，

就冲破了敌人的重围，

救全了国，那也一定是

爱！因为只有爱能给人

不可理解的英勇和胆；

只有爱能使人睁开眼，

认识真，认识价值；只有

爱能使人全神的奋发，

向前闯，为了一个目标，

忘了火是能烧，水能淹。

正如没有光热这地上

就没有生命，要不是爱，

那精神的光热的根源，

一切光明的惊人的事

也就不能有。

　　　　啊，我懂得！

我说"我懂得"我不惭愧：

因为天知道我这几年，

独自一个柔弱的女子，

投身到灾荒的地域去，

走千百里巉岈的路程，

自身挨着饿冻的惨酷

以及一切不可名状的

苦处说来够写几部书，

是为了什么？为了什么
我把每一个老年灾民
不问他是老人是老妇，
当作生身父母一样看，
每一个儿女当作自身
骨血，即使不能给他们
救度，至少也要吹几口
同情的热气到他们的
脸上，叫他们从我的手
感到一个完全在爱的
纯净中生活着的同类？
为了什么我甘愿哺啜
在平时乞丐都不屑的
饮食，吞咽腐朽与肮脏
如同可口的膏粱；甘愿
在尸体的恶臭能醉倒
人的村落里工作如同
发见了什么珍异？为了
什么？就为"我懂得，"朋友，
你信不？我不说，也不能
说，因为我心里有一个
不可能的爱所以发放
满怀的热到另一方向，

也许我即使不知爱也

能同样做，谁知道，但我

总得感谢你，因为从你

我获得生命的意识和

在我内心光亮的点上，

又从意识的沉潜引渡

到一种灵界的莹澈，又

从此产生智慧的微芒

与无穷尽的精神的勇。

啊，假如你能想象我在

灾地时一个夜的看守！

一样的天，一样的星空，

我独自在旷野里或在，

桥梁边或在剩有几簇

残花的藤蔓的村篱边

仰望，那时天际每一个

光亮都为我生着意义，

我饮咽它们的美如同

音乐，奇妙的韵味通流

到内脏与百骸，坦然的

我承受这天赐不觉得

虚怯与羞惭，因我知道

不为己的劳作虽不免

疲乏体肤，但它能拂拭
我们的灵窍如同琉璃，
利便天光无碍的通行。

我话说远了不是？但我
已然诉说到我最后的
回目，你纵使疲倦也得
听到底，因为别的机会
再不会来。你看我的脸
烧红得如同石榴的花，
这是生命最后的光焰，
多谢你不时的把甜水
浸润我的咽喉，要不然
我一定早叫喘息窒死。
你的"懂得"是我的快乐。
我的时刻是可数的了，
我不能不赶快！
                    我方才
说过我怎样学农，怎样
到灾荒的魔窟中去伸
一只柔弱的奋斗的手。
我也说过我灵的安乐
对满天星斗不生内疚。

但我终究是人是软弱，

不久我的身体得了病，

风雨的毒浸入了纤微，

酿成了猖狂的热。我哥

将我从昏盲中带回家，

我奇怪那一次还不死，

也许因为还有一种罪

我必得在人间受。他们

叫我嫁人，我不能推托。

我或许要反抗假如我

对你的爱是次一等的，

但因我的既不是时空

所能衡量，我即不计较

分秒间的短长，我做了

新娘，我还做了娘，虽则

天不许我的骨血存留。

这几年来我是个木偶，

一堆任凭摆布的泥土；

虽则有时也想到你，但

这想到是正如我想到

西天的明霞或一朵花，

不更少也不更多。同时

病，一再的回复，销蚀了

我的躯壳，我早准备死，

怀抱一个美丽的秘密，

将永恒的光明交付给

无涯的幽冥。我如果有

一个母亲我也许不忍

不让她知道，但她早已

死去，我更没有沾恋；我

每次想到这一点便忍

不住微笑漾上了口角。

我想我死去再将我的

秘密化成仁慈的风雨，

化成指点希望的长虹，

化成石上的苔藓，葱翠

淹没它们的冥顽，化成

黑暗中翅膀的舞，化成

农时的鸟歌；化成水面

锦绣的文章；化成波涛，

永远宣扬宇宙的灵通；

化成月的惨绿在每个

睡孩的梦上添深颜色；

化成系星间的妙乐……

最后的转变是未料的，

天叫我不遂理想的心愿，

又叫在热谵中漏泄了

我的怀内的珠光！但我

再也不梦想你竟能来，

血肉的你与血肉的我

竟能在我临去的俄顷

陶然的相偎倚，我说，你

听，你听，我说。真是奇怪，

这人生的聚散！

　　现在我

真，真可以死了，我要你

这样抱着我直到我去，

直到我的眼再不睁开，

直到我飞，飞，飞去太空，

散成沙，散成光，散成风，

啊苦痛，但苦痛是短的，

是暂时的；快乐是长的，

爱是不死的：

　　　　　我，我要睡……

十二月二十五日晚六时完成

别拧我，疼

"别拧我，疼，"……
你说，微锁着眉心。

那"疼"，一个精圆的半吐，
在舌尖上溜——转。

一转眼也在说话，
晴光里漾起
心泉的秘密。

梦
洒开了
轻纱的网。

"你在哪里？"
"让我们死，"你说。

两个月亮

我望见有两个月亮：
一般的样，不同的相。

一个这时正在天上，
披敞着雀毛的衣裳；
她不吝惜她的恩情，
满地全是她的金银。
她不忘故宫的琉璃，
三海间有她的清丽。
她跳出云头，跳上树，
又躲进新绿的藤萝。
她那样玲珑，那样美，
水底的鱼儿也得醉！
但她有一点子不好，
她老爱向瘦小里耗；
有时满天只见星点，
没了那迷人的圆脸，
虽则到时候照样回来，
但这份相思有些难挨！

还有那个你看不见，

虽则不提有多么艳！

她也有她醉涡的笑，

还有转动时的灵妙；

说慷慨她也从不让人，

可惜你望不到我的园林！

可贵是她无边的法力，

常把我灵波向高里提：

我最爱那银涛的汹涌，

浪花里有音乐的银钟；

就那些马尾似的白沫，

也比得珠宝经过雕琢。

一轮完美的明月，

又况是永不残缺！

只要我闭上这一双眼，

她就婷婷的升上了天！

四月二日月圆深夜

再别康桥·徐志摩卷

在病中

我是在病中，这恹恹的倦卧，
看窗外云天，听木叶在风中……
是鸟语吗？院中有阳光暖和，
一地的衰草，墙上的爬着藤萝，
有三五斑猩的，苍的，在颤动。
一半天也成泥……

        城外，啊西山！
太辜负了，今年，翠微的秋容！
那山中的明月，有弯，也有环：
黄昏时谁在听白杨的哀怨？
谁在寒风里赏归鸟的群喧？
有谁上山去漫步，静悄悄的，
在落叶林中捡三两瓣菩提？
有谁去佛殿上披拂着尘封，
在夜色里辨认金碧的神容？

这病中心情：一瞬瞬的回忆，
如同天空，在碧水潭中过路，
透映在水纹间斑驳的云翳；
又如阴影闪过虚白的墙偶，

瞥见时似有，转眼又复消散；

又如缕缕炊烟，才袅袅，又断……

又如暮天里不成字的寒雁，

飞远，更远；化入远山，化作烟！

又如在暑夜看飞星，一道光

碧银银的抹过，更不许端详。

又如兰蕊的清芬偶尔飘过，

谁能留住这没影踪的婀娜？

又如远寺的钟声，随风吹送，

在春宵，轻摇你半残的春梦！

二十（一九三一）年五月续成七年前残稿

她是睡着了

　　她是睡着了——

星光下一朵斜欹的白莲；

　　她入梦境了——

香炉里袅起一缕碧螺烟。

　　她是眠熟了——

涧泉幽抑了喧响的琴弦；

　　她在梦乡了——

粉蝶儿，翠蝶儿，翻飞的欢恋。

　　停匀的呼吸：

清芬，渗透了她的周遭的清氛；

　　有福的清氛

怀抱着，抚摩着，她纤纤的身形！

　　奢侈的光阴！

静，沙沙的尽是闪亮的黄金，

　　平铺着无垠，

波鳞间轻漾着光艳的小艇。

醉心的光景：

给我披一件彩衣，啜一坛芳醴，

　折一枝藤花，

舞，在葡萄丛中颠倒，昏迷。

　看呀，美丽！

三春的颜色移上了她的香肌，

　是玫瑰，是月季，

是朝阳里的水仙，鲜妍，芳菲！

　梦底的幽秘，

挑逗着她的心——纯洁的灵魂——

　像一只蜂儿，

在花心恣意的唐突——温存。

　童真的梦境！

静默，休教惊断了梦神的殷勤；

　抽一丝金络，

抽一丝银络，抽一丝晚霞的紫曛；

　玉腕与金梭，

织缣似的精审，更番的穿度——

化生了彩霞，

神阙，安琪儿的歌，安琪儿的舞。

可爱的梨涡，

解释了处女的梦境的欢喜，

像一颗露珠，

颤动的，在荷盘中闪耀着晨曦！

云游[1]

那天你翩翩的在空际云游，

自在，轻盈，你本不想停留

在天的哪方或地的哪角，

你的愉快是无拦阻的逍遥。

你更不经意在卑微的地面

有一流涧水，虽则你的明艳

在过路时点染了他的空灵，

使他惊醒，将你的倩影抱紧。

他抱紧的只是绵密的忧愁，

因为美不能在风光中静止；

他要，你已飞渡万重的山头，

去更阔大的湖海投射影子！

他在为你消瘦，那一流涧水，

在无能的盼望，盼望你飞回！

1 初以《献词》为题辑入1931年8月上海新日书店版《猛
  虎集》，后改此题载同年10月5日《诗刊》第3期。

两地相思

一　他——

今晚的月亮像她的眉毛，
　　这弯弯的够多俏！
今晚的天空像她的爱情，
　　这蓝蓝的够多深！
那样多是你的，我听她说，
　　你再也不用疑惑；
给你这一团火，她的香唇，
　　还有她更热的腰身！
谁说做人不该多吃点苦？——
　　吃到了底才有数。
这来可苦了她，盼死了我，
　　半年不是容易过！
她这时候，我想，正靠着窗
　　手托着俊俏脸庞，
在想，一滴泪正挂在腮边，
　　像露珠沾上草尖：
在半忧愁半欢喜的预计，
　　计算着我的归期：

啊，一颗纯洁的爱我的心，

　　那样的专！那样的真！

还不催快你胯下的牲口，

　　趁月光清水似流，

趁月光清水似流，赶回家

　　去亲你唯一的她！

二　她——

今晚的月色又使我想起

　　我半年前的昏迷，

那晚我不该喝那三杯酒，

　　添了我一世的愁；

我不该把自由随手给扔，——

　　活该我今儿的闷！

他待我倒真是一片至诚，

　　像竹园里的新笋，

不怕风吹，不怕雨打，一样

　　他还是往上滋长；

他为我吃尽了苦，就为我

　　他今天还在奔波；——

我又没有勇气对他明讲

　　我改变了的心肠！

今晚月儿弓样，到月圆时
　　我，我如何能躲避！
我怕，我爱，这来我真是难，
　　恨不能往地底钻；
可是你，爱，永远有我的心，
　　听凭我是浮是沉；
他来时要抱，我就让他抱，
　　（这葫芦不破的好，）
但每回我让他亲——我的唇，
　　爱，亲的是你的吻！

西窗

一

这西窗
这不知趣的西窗放进
四月天时下午三点钟的阳光
一条条直的斜的羼躺在我的床上；

放进一团捣乱的风片
搂住了难免处女羞的花窗帘，
呵她痒，腰弯里，脖子上，
羞得她直飏在半空里，刮破了脸；

放进下面走道上洗被单
衬衣大小毛巾的胰子味，
厨房里饭焦鱼腥蒜苗是腐乳的沁芳南，
还有弄堂里的人声比狗叫更显得松脆。

当然不知趣也不止是这西窗，

但这西窗是够顽皮的，

它何尝不知道这是人们打中觉的好时光！

拿一件衣服，不，拿这条绣外国花的毛毯，

　堵死了它，给闷死了它：

耶稣死了我们也好睡觉！

直着身子，不好，弯着来，

学一只卖弄风骚的大龙虾，

在清浅的水滩上引诱水波的荡意！

对呀，叫迷离的梦意像浪丝似的

爬上你的胡须，你的衣袖，你的呼吸……

你对着你脚上又新破了一个大窟窿的袜子发愣或

　是忙着送灵巧的手指到神秘的胳肢窝搔痒——

　可不是搔痒的时候

你的思想不见得会长上那拿把不住的大翅膀：

谢谢天，这是烟土披里纯来到的刹那间

因为有窟窿的破袜是绝对的理性，

胳肢窝里虱类的痒是不可怀疑的实在。

三

香炉里的烟，远山上的雾，人的贪嗔和心机；

经络里的风湿，话里的刺，笑脸上的毒，

谁说这宇宙这人生不够富丽的？

你看那市场上的盘算，比那矗着大烟筒

走大洋海的船的肚子里的机轮更来得复杂，

血管里疙瘩着几两几钱，几钱几两，

脑子里也不知哪里来这许多尖嘴的耗子爷？

还有那些比柱石更重实的大人们，他们也有他们的
　盘算；

他们手指间夹着的雪茄虽则也冒着一卷卷成云彩
　的烟，

但更曲折，更奥妙，更像长虫的翻戏，

是他们心里的算计，怎样到意大利喀辣辣矿山里去
　搬运一个大石座来站他一个足够与灵龟比赛的
　年岁，

何况还有波斯兵的长枪，匈奴的暗箭……

再有从上帝的创造里单独创造出来曾向农商部呈请
　创造专利的文学先生们，这是个奇迹的奇迹，

正如狐狸精对着月光吞吐她的命珠，

他们也是在月光勾引潮汐时学得他们的职业秘密。

青年的血，尤其是滚沸过的心血，是可口的：——

他们借用普罗列塔里亚的瓢匙在彼此请呀请的舀

　　着喝。

他们将来铜像的地位一定望得见朱温张献忠的。

绣着大红花的俄罗斯毛毯方才拿来蒙住西窗的也不

　　知怎的滑溜了下来，不容做梦人继续他的冒险。

但这些滑腻的梦意钻软了我的心

像春雨的细脚踹软了道上的春泥。

西窗还是不挡着的好，虽则弄堂里的人声有时比

　　狗叫更显得松脆。

这是谁说的："拿手擦擦你的嘴，

这人间世在洪荒中不住的转，

像老妇人在空地里捡可以当柴烧的材料？"

车眺

一

我不能不赞美
这向晚的五月天；
怀抱着云和树
那些玲珑的水田。

二

白云穿掠着晴空，
像仙岛上的白燕！
晚霞正照着它们，
白羽镶上了金边。

三

背着轻快的晚凉，
牛，放了工，呆着做梦；
孩童们在一边蹲，
想上牛背，美，逗英雄！

四

在绵密的树荫下，

有流水，有白石的桥，

桥洞下早来了黑夜，

流水里有星在闪耀。

五

绿是豆畦，阴是桑树林，

幽郁是溪水傍的草丛，

静是这黄昏时的田景，

但你听，草虫们的飞动！

六

月亮在昏黄里上妆，

太阳心慌的向天边跑；

他怕见她，他怕她见，——

怕她见笑一脸的红糟！

再别康桥·人间四月天

244

无题

原是你的本分，朝山人的胫踝，
这荆刺的伤痛！回看你的来路，
看那草丛中乱石间斑斑的血迹，
在暮霭里记认你从来的踪迹！
且缓抚摩你的肢体，你的止境
还远在那白云环拱处的山岭！

无声的暮烟，远从那山麓与林边，
渐渐的潮没了这旷野，这荒天，
你渺小的子影面对这冥盲的前程，
象在怒涛间的轻航失去了南针；
更有那黑夜的恐怖，悚骨的狼嗥，
狐鸣，鹰啸，蔓草间有蝮蛇缠绕！

退后？——昏夜一般的吞蚀血染的来踪，
倒地？——这懦怯的累赘问谁去收容？
前冲？啊，前冲！冲破这黑暗的冥凶，
冲破一切的恐怖、迟疑、畏葸、苦痛，
血淋漓的践踏过三角棱的劲刺，
丛莽中伏兽的利爪，蜿蜒的虫豸！

前冲；灵魂的勇是你成功的秘密！
这回你看，在这决心舍命的瞬息，
迷雾已经让路，让给不变的天光，
一弯青玉似的明月在云隙里探望，
依稀窗纱间美人启齿的瓠犀，——
那是灵感的赞许，最恩宠的赠与！

更有那高峰，你那最想望的高峰；
亦已涌现在当前，莲苞似的玲珑，
在蓝天里，在月华中，秾艳，崇高，
朝山人，这异象便是你跋涉的酬劳！

再休怪我的脸沉

不要着恼，乖乖，不要怪嫌
　　我的脸绷得直长，
　　我的脸绷得是长，
可不是对你，对恋爱生厌。

不要凭空往大坑里盲跳：
　　胡猜是一个大坑，
　　这里面坑得死人；
你听我讲，乖，用不着烦恼。

你，我的恋爱，早就不是你：
　　你我早变成一身，
　　呼吸，命运，灵魂——
再没有力量把你我分离。

你我比是桃花接上竹叶，
　　露水合着嘴唇吃，
　　经脉胶成同命丝，
单等春风到开一个满艳。

谁能怀疑他自创的恋爱？

　　天空有星光耿耿，

　　冰雪压不倒青春，

任凭海有时枯，石有时烂！

不是的，乖，不是对爱生厌！

　　你胡猜我也不怪，

　　我的样儿是太难，

反正我得对你深深道歉。

不错，我恼，恼的是我自己

　　（山怨土堆不够高；

　　河对水私下唠叨。）

恨我自己为甚这不争气。

我的心（我信）比似个浅洼：

　　跳动着几条泥鳅，

　　积不住三尺清流。

盼不到天光，映不着彩霞；

又比是个力乏的朝山客；

　　他望见白云燎绕，

拥护着山远山高，
但他只能在倦疲中沉默。

也不是不认识上天威力；
　　他何尝甘愿绝望，
　　空对着光阴怅惘——
你到深夜里来听他悲泣！

就说爱，我虽则有了你，爱，
　　不愁在生命道上，
　　感受孤立的恐慌，
但天知道我还想往上攀！

恋爱，我要更光明的实现：
　　草堆里一个萤火，
　　企慕着天顶星罗：
我要你我的爱高比得天！

我要那洗度灵魂的圣泉，
　　洗掉这皮囊腌臜，
　　解放内裹的囚犯，
化一缕轻烟，化一朵青莲。

这，你看，才叫是烦恼自找；

　　从清晨直到黄昏，

　　从天昏又到天明，

活动着我自剖的一把钢刀！

不是自杀，你得认个分明。

　　劈去生活的余渣，

　　为要生命的精华；

给我勇气，啊，唯一的亲亲！

给我勇气，我要的是力量，

　　快来救我这围城，

　　再休怪我的脸沉，

快来，乖乖，抱住我的思想！

　　　　　　四月二十二日

望月

月；我隔着窗纱，在黑暗中，
望她从巉岩的山肩挣起——
一轮惺松的不整的光华：
像一个处女，怀抱着贞洁，
惊惶的，挣出强暴的爪牙；

这使我想起你，我爱，当初
也曾在恶运的利齿间捱！
但如今，正如蓝天里明月：
你已升起在幸福的前峰，
洒光辉照亮地面的坎坷！

再别康桥 · 徐志摩卷

你去[1]

你去，我也走，我们在此分手；

你上那一条大路，你放心走，

你看那街灯一直亮到天边，

你只消跟从这光明的直线！

你先走，我站在此地望着你：

放轻些脚步，别教灰土扬起，

我要认清你远去的身影，

直到距离使我认你不分明。

再不然，我就叫响你的名字，

不断的提醒你，有我在这里，

为消解荒街与深晚的荒凉，

目送你归去……

　　不，我自有主张，

你不必为我忧虑；你走大路，

我进这条小巷。你看那株树，

高抵着天，我走到那边转弯，

再过去是一片荒野的凌乱；

有深潭，有浅洼，半亮着止水，

---

1 这是1931年7月，徐志摩附在给林徽因的信里的一首诗。

在夜芒中像是纷披的眼泪；

有乱石，有钩刺胫踝的蔓草，

在守候过路人疏神时绊倒，

但你不必焦心，我有的是胆，

凶险的途程不能使我心寒。

等你走远，我就大步的向前，

这荒野有的是夜露的清鲜；

也不愁愁云深裹，但求风动，

云海里便波涌星斗的流汞；

更何况永远照彻我的心底

有那颗不夜的明珠，我爱——你！

火车擒住轨[1]

火车擒住轨，在黑夜里奔：
过山，过水，过陈死人的坟；

过桥，听钢骨牛喘似的叫，
过荒野，过门户破烂的庙；

过池塘，群蛙在黑水里打鼓，
过噤口的村庄，不见一粒火；

过冰清的小站，上下没有客，
月台袒露着肚子，像是罪恶。

这时车的呻吟惊醒了天上
三两个星，躲在云缝里张望：

那是干什么的，他们在疑问，
大凉夜不歇着，直闹又是哼；

1 这首诗写于1931年7月19日，初载同年10月5日《诗刊》
第3期，署名志摩。此诗原名《一片糊涂账》，是徐志
摩最后一篇诗作。

长虫似的一条，呼吸是火焰，
一死儿往暗里闯，不顾危险，

就凭那精窄的两道，算是轨，
驮着这份重，梦一般的累坠。

累坠！那些奇异的善良的人，
放平了心安睡，把他们不论

俊的村的命全盘交给了它，
不论爬的是高山还是低洼，

不问深林里有怪鸟在诅咒，
天象的辉煌全对着毁灭走；

只图眼前过得，裂大嘴打呼，
明儿车一到，抢了皮包走路！

这态度也不错！愁没有个底；
你我在天空，那天也不休息，

睁大了眼，什么事都看分明，
但自己又何尝能支使运命？

说什么光明，智慧永恒的美，

彼此同是在一条线上受罪；

就差你我的寿数比他们强，

这玩艺反正是一片糊涂账。

人间四月天

林徽因 卷

"谁爱这不息的变幻"

谁爱这不息的变幻，她的行径？

　　催一阵急雨，抹一天云霞，月亮，

　　星光，日影，在在都是她的花样，

更不容峰峦与江海偷一刻安定。

骄傲的，她奉着那荒唐的使命：

　　看花放蕊树凋零，娇娃做了娘；

　　叫河流凝成冰雪，天地变了相；

都市喧哗，再寂成广漠的夜静！

　　虽说千万年在她掌握中操纵，

她不曾遗忘一丝毫发的卑微。

难怪她笑永恒是人们造的谎，

　　来抚慰恋爱的消失，死亡的痛。

但谁又能参透这幻化的轮回，

谁又大胆的爱过这伟大的变幻？

香山 四月十二日[1]

1　此处的4月12日，似是指1931年诗人在香山疗养时。这
　　首诗也是目前所知她首次公开发表的诗作。同在《诗
　　刊》二期发表的三首诗中，只有这首署名"林徽因"，
　　以下《仍然》《那一晚》两首另署"尺棰"。

仍然

你舒伸得像一湖水向着晴空里
白云，又像是一流冷涧，澄清
许我循着林岸穷究你的泉源：
我却仍然怀抱着百般的疑心
对你的每一个映影！

你展开像个千瓣的花朵！
鲜妍是你的每一瓣，更有芳沁，
那温存袭人的花气，伴着晚凉：
我说花儿，这正是春的捉弄人，
来偷取人们的痴情！

你又学叶叶的书篇随风吹展，
揭示你的每一个深思；每一角心境，
你的眼睛望着，我不断的在说话：
我却仍然没有回答，一片的沉静
永远守住我的魂灵。

那一晚

那一晚我的船推出了河心，
澄蓝的天上托着密密的星。
那一晚你的手牵着我的手，
迷惘的星夜封锁起重愁。
那一晚你和我分定了方向，
两人各认取个生活的模样。
到如今我的船仍然在海面飘，
细弱的桅杆常在风涛里摇。
到如今太阳只在我背后徘徊，
层层的阴影留守在我周围。
到如今我还记着那一晚的天，
星光、眼泪、白茫茫的江边！
到如今我还想念你岸上的耕种：
红花儿黄花儿朵朵的生动。

那一天我希望要走到了顶层，
蜜一般酿出那记忆的滋润。
那一天我要挎上带羽翼的箭，
望着你花园里射一个满弦。
那一天你要听到鸟般的歌唱，

那便是我静候着你的赞赏。

那一天你要看到零乱的花影，

那便是我私闯入当年的边境！

笑

笑的是她的眼睛，口唇，

和唇边浑圆的旋涡。

艳丽如同露珠，

朵朵的笑向

贝齿的闪光里躲。

那是笑——神的笑，美的笑；

水的映影，风的轻歌。

笑的是她惺松的鬈发，

散乱的挨着她耳朵。

轻软如同花影，

痒痒的甜蜜

涌进了你的心窝。

那是笑——诗的笑，画的笑：

云的留痕，浪的柔波。

深夜里听到乐声

这一定又是你的手指，

轻弹着，

在这深夜，稠密的悲思。

我不禁颊边泛上了红，

静听着，

这深夜里弦子的生动。

一声听从我心底穿过，

忒凄凉

我懂得，但我怎能应和？

生命早描定她的式样，

太薄弱

是人们的美丽的想象。

除非在梦里有这么一天，

你和我

同来攀动那根希望的弦。

情愿

我情愿化成一片落叶，
让风吹雨打到处飘零；
或流云一朵，在澄蓝天，
和大地再没有些牵连。

但抱紧那伤心的标志，
去触遇没着落的怅惘；
在黄昏，夜半，踱着脚走，
全是空虚，再莫有温柔；

忘掉曾有这世界；有你；
哀悼谁又曾有过爱恋；
落花似的落尽，忘了去
这些个泪点里的情绪。

到那天一切都不存留，
比一闪光，一息风更少
痕迹，你也要忘掉了我
曾经在这世界里活过。

激昂

我要借这一时的豪放
和从容，灵魂清醒的
在喝一泉甘甜的鲜露，
来挥动思想的利剑，
舞它那一瞥最敏锐的
锋芒，像皑皑塞野的雪
在月的寒光下闪映，
喷吐冷激的辉艳；——斩，
斩断这时间的缠绵，
和猥琐网布的纠纷，
剖取一个无瑕的透明，
看一次你，纯美，
你的裸露的庄严。
…………

　　　　　然后踩登
任一座高峰，攀牵着白云
和锦样的霞光，跨一条
长虹，瞰临着澎湃的海，
在一穹匀净的澄蓝里，
书写我的惊讶与欢欣，

献出我最热的一滴眼泪，

我的信仰，至诚，和爱的力量，

永远膜拜，

膜拜在你美的面前！

五月 香山

一首桃花

桃花，

那一树的嫣红，

像是春说的一句话：

朵朵露凝的娇艳，

是一些

玲珑的字眼，

一瓣瓣的光致，

又是些

柔的匀的吐息；

含着笑，

在有意无意间

生姿的顾盼。

看，——

那一颤动在微风里

她又留下，淡淡的，

在三月的薄唇边，

一瞥，

一瞥多情的痕迹！

二十年[1] 五月香山

1 指民国纪年。后文中多有出现均同此。

莲灯

如果我的心是一朵莲花，

正中擎出一枝点亮的蜡，

荧荧虽则单是那一剪光，

我也要它骄傲的捧出辉煌。

不怕它只是我个人的莲灯，

照不见前后崎岖的人生——

浮沉它依附着人海的浪涛

明暗自成了它内心的秘奥。

单是那光一闪花一朵——

像一叶轻舸驶出了江河——

宛转它飘随命运的波涌

等候那阵阵风向远处推送。

算做一次过客在宇宙里，

认识这玲珑的生从容的死，

这飘忽的途程也就是个——

也就是个美丽美丽的梦。

二十一年七月半香山

中夜钟声

钟声

　　敛住又敲散

　　　　一街的荒凉

听——

　　那圆的一颗颗声响

　　直沉下时间

　　　　　　静寂的

　　　　　　　咽喉。

　　像哭泣，

　　像哀恸，

将这僵黑的

中夜

　　葬入

　　那永不见曙星的

　　　空洞——

轻——重，……

——重——轻……

这摇曳的一声声，

又凭谁的主意

把那余剩的忧惶

随着风冷——

纷纷

掷给还不成梦的

人。

山中一个夏夜

山中有一个夏夜，深得

像没有底一样，

黑影，松林密密的；

周围没有点光亮。

    对山闪着只一盏灯——两盏

    像夜的眼，夜的眼在看！

满山的风全蹑着脚

像是走路一样，

躲过了各处的枝叶

各处的草，不响。

    单是流水，不断的在山谷上

    石头的心，石头的口在唱。

均匀的一片静，罩下

像张软垂的幔帐。

疑问不见了，四角里

模糊，是梦在窥探？

271

人间四月天·林徽因卷

夜像在诉祷，无声的在期待，

幽馥的虔诚在无声里布漫。[1]

一九三一年

---

1 本节手稿：
  虫鸣织成那一片静，寂寞
  垂下的帐幔；
  仲夏山林在内中睡着，
  幽香四下里浮散。
  黑影枕着黑影，默默的无声，
  夜的静，却有夜的耳在听！
  　　　　　　——梁从诫注

微光

街上没有光，没有灯，
店廊上一角挂着有一盏；
他和她把他们一家的运命
含糊的，全数交给这黯淡。

街上没有光，没有灯，
店窗上，斜角，照着有半盏。
合家大小朴实的脑袋，
并排儿，熟睡在土炕上。

外边有雪夜；有泥泞；
沙锅里有不够明日的米粮；
小屋，静守住这微光，
缺乏着生活上需要的各样。

缺的是把干柴，是杯水；麦面……
为这吃的喝的，本说不到信仰，——
生活已然，固定的，单靠气力，
在肩臂上边，来支持那生的胆量。

明天，又明天，又明天……
一切都限定了，谁还说希望，——
即使是做梦，在梦里，闪着，
仍旧是这一粒孤勇的光亮？

街角里有盏灯，有点光，
挂在店廊；照在窗槛；
他和她，把他们一家的运命
明白的，全数交给这凄惨。

二十二年九月

秋天，这秋天

这是秋天，秋天，

风还该是温软；

太阳仍笑着那微笑，

闪着金银，夸耀

他实在无多了的

最奢侈的早晚！

这里那里，在这秋天，

斑彩错置到各处

山野，和枝叶中间，

像醉了的蝴蝶，或是

珊瑚珠翠，华贵的失散，

缤纷降落到地面上。

这时候心得像歌曲，

由山泉的水光里闪动，

浮出珠沫，溅开

山石的喉嗓唱。

这时候满腔的热情

全是你的，秋天懂得，

秋天懂得那狂放，——

秋天爱的是那不经意

不经意的零乱！

但是秋天，这秋天，

他撑着梦一般的喜筵，

不为的是你的欢欣：

他撒开手，一掬璎珞，

一把落花似的幻变，

还为的是那不定的

悲哀，归根儿蒂结住

在这人生的中心！

一阵萧萧的风，起自

昨夜西窗的外沿，

摇着梧桐树哭。——

起始你怀疑着：

荷叶还没有残败；

小划子停在水流中间；

夏夜的细语，夹着虫鸣，

还信得过仍然偎着

耳朵旁温甜；

但是梧桐叶带来桂花香，

已打到灯盏的光前。

一切都两样了，他闪一闪说，

只要一夜的风，一夜的幻变。

冷雾迷住我的两眼，

在这样的深秋里，

你又同谁争？现实的背面

是不是现实，荒诞的，

果属不可信的虚妄？

疑问抵不住简单的残酷，

再别要悯惜流血的哀惶，

趁一次里，要认清

造物更是摧毁的工匠。

信仰只一细炷香，

那点子亮再经不起西风

沙沙的隔着梧桐树吹！

如果你忘不掉，忘不掉

那同听过的鸟啼；

同看过的花好，信仰

该在过往的中间安睡。……

秋天的骄傲是果实，

不是萌芽，——生命不容你

不献出你积累的馨芳；

交出受过光热的每一层颜色；

点点沥尽你最难堪的酸怆。

　　　　　　　这时候，

切不用哭泣；或是呼唤；

更用不着闭上眼祈祷；

（向着将来的将来空等盼）；

只要低低的，在静里，低下去

已困倦的头来承受，——承受

这叶落了的秋天

听风扯紧了弦索自歌挽：

这秋，这夜，这惨的变换！

二十二年十一月中旬

年关

哪里来，又向哪里去，
这不断，不断的行人，
奔波杂遝的，这车马？
红的灯光，绿的紫的，
织成了这可怕，还是
可爱的夜？高的楼影
渺茫天上，都象征些
什么现象？这嘈聒中
为什么又凝着这沉静；
这热闹里，会是凄凉？

这是年关，年关，有人
由街头走着，估计着，
孤零的影子斜映着，
一年，又是一年辛苦，
一盘子算珠的艰和难。
日中你敛住气，夜里，
你喘，一条街，一条街，
跟着太阳灯光往返，——
人和人，好比水在流

人是水，两旁楼是山！

　　一年，一年，

连年里，这穿过城市

胸脯的辛苦，成千万，

成千万人流的血汗，

才会造成了像今夜

这神奇可怕的灿烂！

看，街心里横一道影

灯盏上开着血印的花

夜的凉雾和尘沙中

进展，展进，许多口里

在喘着年关，年关……

　　　　　二十三年废历除夕

你是人间的四月天[1]
——一句爱的赞颂

我说你是人间的四月天；

笑响点亮了四面风；轻灵

在春的光艳中交舞着变。

你是四月早天里的云烟，

黄昏吹着风的软，星子在

无意中闪，细雨点洒在花前。

那轻，那娉婷，你是，鲜妍

百花的冠冕你戴着，你是

天真，庄严，你是夜夜的月圆。

雪化后那片鹅黄，你像；新鲜

初放芽的绿，你是；柔嫩喜悦

水光浮动着你梦期待中白莲。

1 本诗是林徽因最有名的诗作，原载1934年4月5日《学
文》第1卷第1期。据林徽因之子梁从诫说，此诗是母
亲在他出生后为他而写的，但也有人认为是写给徐志摩
的，至今尚无最终定论。

你是一树一树的花开，是燕
在梁间呢喃，——你是爱，是暖，
是希望²，你是人间的四月天！

2 作者后将"是希望"改作"是诗的一篇"。——梁从诚注

忆

新年等在窗外，一缕香，
枝上刚放出一半朵红。
心在转，你曾说过的
几句话，白鸽似的盘旋。

我不曾忘，也不能忘
那天的天澄清的透蓝，
太阳带点暖，斜照在
每棵树梢头，像凤凰。

是你在笑，仰脸望，
多少勇敢话那天，你我
全说了，——像张风筝
向蓝穹，凭一线力量。

二十二年岁终

吊玮德

再别康桥·人间四月天

284

玮德，是不是那样，

你觉到乏了，有点儿

不耐烦，

并不为别的缘故

你就走了，

向着哪一条路？

玮德你真是聪明；

早早的让花开过了

那顶鲜妍的几朵，

就选个这样春天的清晨，

挥一挥袖

对着晓天的烟霞

走去，轻轻的，轻轻的

背向着我们。

春风似的不再停住！

春风似的吹过，

你却留下

永远的那么一颗

少年人的信心；

少年的微笑

和悦的

洒落在别人的新枝上。

我们骄傲

你这骄傲

但你，玮德，独不惆怅

我们这一片

懦弱的悲伤？

黯淡是这人间

美丽不常走来

你知道。

歌声如果有，也只在

几个唇边旋转！

一层一层尘埃，

凄怆是各样的安排，

即使狂飚不起，狂飚不起，

这远近苍茫，

雾里狼烟，

谁还看见花开！

你走了，

你也走了，

尽走了，再带着去

那些儿馨芳，

那些个嘹亮，

明天再明天，此后

寂寞的平凡中

谁让谁来支持？

一星星理想，难道

从此都空挂到天上？

玮德你真是个诗人

你是这般年轻，好像

天方放晓，钟刚敲响……

你却说倦了，有点儿

不耐烦忍心，

一条虹桥由中间拆断；

情愿听杜鹃啼唱，

相信有明月长照，

寒光水底能依稀映成

那一半连环

憬憧中

你诗人的希望！

玮德是不是那样

你觉得乏了，人间的怅惘

你不管；

莲叶上笑着展开

浮烟似的诗人的脚步。

你只相信天外那一条路？

灵感

是你，是花，是梦，打这儿过，

此刻像风在摇动着我；

告诉日子重叠盘盘的山窝；

清泉潺潺流动转狂放的河；

孤僻林里闲开着鲜妍花，

细香常伴着圆月静天里挂；

且有神仙纷纭的浮出紫烟，

衫裾飘忽映影在山溪前；

给人的理想和理想上

铺香花，叫人心和心合着唱；

直到灵魂舒展成条银河，

长长流在天上一千首歌！

是你，是花，是梦，打这里儿过，

此刻像风，在摇动着我；

告诉日子是这样的不清醒；

当中偏响着想不到的一串铃，

树枝里轻声摇曳；金镶上翠，

低了头的斜阳，又一抹光辉。

难怪阶前人忘掉黄昏，脚下草，

高阁古松，望着天上点骄傲；

留下檀香，木鱼，合掌

在神龛前，在蒲团上，

楼外又楼外，幻想彩霞却缀成

凤凰栏杆，挂起了塔顶上灯！

二十四年十月　徽因作于北平

城楼上

你说什么？

鸭子，太阳，

城墙下那护城河？

——我？

我在想，

——不是不在听——

想怎样

从前，……

——

对了，

也是秋天！

你也曾去过，

你？那小树林？

还记得么；

山窝，红叶像火？

映影

湖心里倒浸，

那静？

天！……

（今天的多蓝，你看！）

白云，

像一缕烟。

谁又啰唆？

你爱这里城墙，

古墓，长歌，

蔓草里开野花朵。

好，我不再讲

从前的，单想

我们在古城楼上

今天，——

白鸽，

（你准知道是白鸽？）

飞过面前。

二十四年十月

人间四月天·林徽因卷

深笑

是谁笑得那样甜，那样深，
那样圆转？一串一串明珠
大小闪着光亮，迸出天真！
清泉底浮动，泛流到水面上，
　灿烂，
分散！

是谁笑得好花儿开了一朵？
那样轻盈，不惊起谁。
细香无意中，随着风过，
拂在短墙，丝丝在斜阳前
　　挂着
留恋。

是谁笑成这百层塔高耸，
让不知名鸟雀来盘旋？是谁
笑成这万千个风铃的转动，
从每一层琉璃的檐边
　　摇上
云天？

风筝

看，那一点美丽

会闪到天空！

几片颜色，

挟住双翅，

心，缀一串红。

飘摇，它高高的去，

逍遥在太阳边

太空里闪

一小片脸，

但是不，你别错看了

错看了它的力量，

天地间认得方向！

它只是

轻的一片，

一点子美

像是希望，又像是梦，

一长根丝牵住

天穹，渺茫——

高高推着它舞去，

白云般飞动，

它也猜透了不是自己，

它知道，知道是风！

正月十一日

别丢掉

别丢掉

这一把过往的热情，

现在流水似的，

轻轻

在幽冷的山泉底，

在黑夜　在松林，

叹息似的渺茫，

你仍要保存着那真！

一样是月明，

一样是隔山灯火，

满天的星，

只使人不见，

梦似的挂起，

你问黑夜要回

那一句话——你仍得相信

山谷中留着

有那回音[1]！

二十一年夏

1 "回音"二字，乃"徽因"的谐音（林徽因原名林徽音）。

雨后天

我爱这雨后天，
这平原的青草一片！
我的心没底止的跟着风吹，
风吹：
吹远了草香，落叶，
吹远了一缕云，像烟——
像烟。

二十一年十月一日

记忆

断续的曲子，最美或最温柔的
夜，带着一天的星。
记忆的梗上，谁不有
两三朵娉婷，披着情绪的花
无名的展开
野荷的香馥，
每一瓣静处的月明。

湖上风吹过，头发乱了，或是
水面皱起像鱼鳞的锦。
四面里的辽阔，如同梦
荡漾着中心彷徨的过往
不着痕迹，谁都
认识那图画，
沉在水底记忆的倒影！

二十五年二月

静院

你说这院子深深的——

美从不是现成的。

这一掬静，

到了夜，你算，

就需要多少铺张？

月圆了残，叫卖声远了，

隔过老杨柳，一道墙，又转，

初一？凑巧谁又在烧香，……

离离落落的满院子，

不定是神仙走过，

仅是迷惘，像梦，……

窗槛外或者是暗的，

或透那么一点灯火。

这一掬静，院子深深的

——有人也叫它做情绪——

情绪，好，你指点看

有不有轻风，轻得那样

没有声响，吹着凉？

黑的屋脊，自己的，人家的，

兽似的背耸着，又像

寂寞在嘶声的喊！

石阶，尽管沉默，你数，

多少层下去，下去，

是不是还得栏杆，斜斜的

双树的影去支撑？

对了，角落里边

还得有人低着头脸。

会忘掉又会记起，——会想，

——那不论——或者是

船去了，一片水，或是

小曲子唱得嘹亮；

或是枝头粉黄一朵，

记不得谁了，又向谁认错！

又是多少年前，——夏夜。

有人说：

"今夜，天，……"（也许是秋夜）

又穿过藤萝，

指着一边，小声的，"你看，

星子真多！"

草上人描着影子；

那样点头，走，

又有人笑，……

静，真的，你可相信

这平铺的一片——

不单是月光，星河，

雪和萤虫也远——

夜，情绪，进展的音乐，

如果慢弹的手指

能轻似蝉翼，

你拆开来看，纷纭，

那玄微的细网

怎样深沉的拢住天地，

又怎样交织成

这细致飘渺的彷徨！

二十五年一月

无题

什么时候再能有

那一片静；

溶溶在春风中立着，

面对着山，面对着小河流?

什么时候还能那样

满掬着希望；

披拂新绿，耳语似的诗思，

登上城楼，更听那一声钟响?

什么时候，又什么时候，心

才真能懂得

这时间的距离；山河的年岁；

昨天的静，钟声

昨天的人

怎样又在今天里划下一道影!

二十五年春四月

题剔空菩提叶

认得这透明体，

智慧的叶子掉在人间？

消沉，慈净——

那一天一闪冷焰，

一叶无声的坠地，

仅证明了智慧寂寞

孤零的终会死在风前！

昨天又昨天，美

还逃不出时间的威严；

相信这里睡眠着最美丽的

骸骨，一丝魂魄月边留念，——

…………

菩提树下清荫则是去年！

二十五年四月二十三日

黄昏过泰山

记得那天

心同一条长河，

让黄昏来临，

月一片挂在胸襟。

如同这青黛山，

今天，

心是孤傲的屏障一面；

葱郁，

不忘却晚霞，

苍莽，

却听脚下风起，

来了夜——

昼梦

昼梦

垂着纱，

无从追寻那开始的情绪

还未曾开花；

柔韧得像一根

乳白色的茎，缠住

纱帐下；银光

有时映亮，去了又来；

盘盘丝络

一半失落在梦外。

花竟开了，开了；

零落的攒集，

从容的舒展，

一朵，那千百瓣！

抖擞那不可言喻的

刹那情绪，

庄严峰顶——

天上一颗星……

　　　晕紫，深赤，

天空外旷碧，

是颜色同颜色浮溢，腾飞……

深沉，

又凝定——

悄然香馥，

袅娜一片静。

昼梦

垂着纱，

无从追踪的情绪

开了花；

四下里香深，

低覆着禅寂，

间或游丝似的摇移，

悠忽一重影；

悲哀或不悲哀

全是无名，

一闪娉婷。

二十五年暑中北平

八月的忧愁

黄水塘里游着白鸭，

高粱梗油青的刚高过头，

这跳动的心怎样安插，

田里一窄条路，八月里这忧愁？

天是昨夜雨洗过的，山岗

照着太阳又留一片影；

羊跟着放羊的转进村庄，

一大棵树荫下罩着井，又像是心！

从没有人说过八月什么话，

夏天过去了，也不到秋天。

但我望着田垄，土墙上的瓜，

仍不明白生活同梦怎样的连牵。

二十五年夏末

过杨柳[1]

反复的在敲问心同心，

彩霞片片已烧成灰烬，

街的一头到另一条路，

同是个黄昏扑进尘土。

愁闷压住所有的新鲜，

奇怪街边此刻还看见，

混沌中浮出光妍的纷纠，

死色楼前垂一棵杨柳！

二十五年十月一日

1 此诗1936年11月1日在《大公报·文艺副刊》发表时，
题为《过杨柳》，1948年2月22日改题为《黄昏过杨
柳》，和《六点钟在下午》一起发表在第85期《经世日
报·文艺周刊》上。

六点钟在下午

用什么来点缀

六点钟在下午?

六点钟在下午

点缀在你生命中,

仅有仿佛的灯光,

褪败的夕阳,

窗外

一张落叶在旋转!

用什么来陪伴

六点钟在下午?

六点钟在下午

陪伴着你在暮色里闲坐,

等光走了,影子变换,

一支烟,为小雨点

继续着,无所盼望!

冥思

心此刻同沙漠一样平，[1]
思想像孤独的一个阿拉伯人；
仰脸孤独的向天际望
落日远边奇异的霞光，
安静的，又侧个耳朵听
远处一串骆驼的归铃。

在这白色的周遭中，
一切像凝冻的雕形不动；
白袍，腰刀，长长的头巾，
浪似的云天，沙漠上风！
偶有一点子振荡闪过天线，
残霞边一颗星子出现。

二十五年夏末

1 作者后将此句改为："此刻胸前同沙漠一样平。"
——梁从诚注

空想

再别康桥·人间四月天

310

终日的企盼企盼正无着落，——
太阳穿窗棂影，种种花样。
暮秋梦远，一首诗似的寂寞，
真怕看光影，花般洒在满墙。

日子悄悄的仅按沉吟的节奏，
尽打动简单曲，像钟摇响。
不是光不流动，花瓣子不点缀时候，
是心漏却忍耐，厌烦了这空想！

你来了

你来了，画里楼阁立在山边，
交响曲由风到风，草青到天！
阳光投多少个方向，谁管？你，我
如同画里人掉回头，便就不见！
你来了，花开到深深的深红，
绿萍遮住池塘上一层晓梦，
鸟唱着，树梢交织着枝柯，——白云[1]
却是我们，悠忽翻过几重天空！

1 本诗后二句依作者手稿排，后作是："鸟唱着，树梢头
织起细细交柯——白云却是我们，翻过好几重天空。"

"九·一八"闲走

天上今早盖着两层灰，

地上一堆黄叶在徘徊，

惘惘的是我跟着凉风转，

荒街小巷，蛇鼠般追随！

我问秋天，秋天似也疑问我：

在这尘沙中又挣扎些什么，

黄雾扼住天的喉咙，

处处仅剩情绪的残破？

但我不信热血不仍在沸腾；

思想不仍铺在街上多少层；

甘心让来往车马狠命的轧压，

待从地面开花，另来一种完整。

藤花前

——独过静心斋

紫藤花开了

轻轻的放着香，

没有人知道……

紫藤花开了

轻轻的放着香，

没有人知道。

楼不管，曲廊不做声，

蓝天里白云行去，

池子一脉静；

水面散着浮萍，

水底下挂着倒影。

紫藤花开了

没有人知道！

蓝天里白云行去，

小院，

无意中我走到花前。

轻香，风吹过

花心，

风吹过我，——

望着无语，紫色点。

旅途中

我卷起一个包袱走，
过一个山坡子松，
又走过一个小庙门
在早晨最早的一阵风中。
我心里没有埋怨，人或是神；
天底下的烦恼，连我的
拢总，
像已交给谁去，……

前面天空。
山中水那样清，
山前桥那么白净，——
我不知道造物者认不认得
自己图画；
乡下人的笠帽，草鞋，
乡下人的性情。

暑中在山东乡间步行　二十五年夏

红叶里的信念

年年不是要看西山的红叶，
谁敢看西山红叶？不是
要听异样的鸟鸣，停在
那一个静幽的树枝头，
是脚步不能自已的走——
走，迈向理想的山坳子
寻觅从未曾寻着的梦：
一茎梦里的花，一种香，
斜阳四处挂着，风吹动，
转过白云，小小一角高楼。

钟声已在脚下，松同松
并立着等候，山野已然
百般渲染豪侈的深秋。
梦在哪里，你的一缕笑，
一句话，在云浪中寻遍
不知落到哪一处？流水已经
渐渐的清寒，载着落叶
穿过空的石桥，白栏杆，
叫人不忍再看，红叶去年

同踏过的脚迹火一般。

好，抬头，这是高处，心卷起

随着那白云浮过苍茫，

别计算在哪里驻脚，去，

相信千里外还有霞光，

像希望，记得那烟霞颜色，

就不为编织美丽的明天，

为此刻空的歌唱，空的

凄恻，空的缠绵，也该放

多一点勇敢，不怕连牵

斑驳金银般旧积的创伤！

再看红叶每年，山重复的

流血，山林，石头的心胸

从不倚借梦支撑，夜夜

风像利刃削过大土壤，

天亮时沉默焦灼的唇，

忍耐的仍向天蓝，呼唤

瓜果风霜中完成，呈光彩，

自己山头流血，变坟台！

平静，我的脚步，慢点儿去，

别相信谁曾安排下梦来！

一路上枯枝，鸟不曾唱，

小野草香风早不是春天。

停下！停下！风同云，水同

水藻全叫住我，说梦在

背后，蝴蝶秋千理想的

山坳同这当前现实的

石头子路还缺个牵连！

愈是山中奇妍的黄月光

挂出树尖，愈得相信梦，

梦里斜晖一茎花是谎！

但心不信！空虚的骄傲

秋风中旋转，心仍叫喊

理想的爱和美，同白云

角逐；同斜阳笑吻；同树，

同花，同香，乃至同秋虫

石隙中悲鸣，要携手去；

同奔跃嬉游水面的青蛙，

盲目的再去寻盲目日子，——

要现实的热情另涂图画，

要把满山红叶采作花！

这萧萧瑟瑟不断的呜咽，
掠过耳鬓也还卷着温存，
影子在秋光中摇曳，心再
不信光影外有串疑问！
心仍不信，只因是午后，
那片竹林子阳光穿过
照暖了石头，赤红小山坡，
影子长长两条，你同我
曾经参差那亭子石路前，
浅碧波光老树干旁边！

生命中的谎再不能比这把
颜色更鲜艳！记得那一片
黄金天，珊瑚般玲珑叶子
秋风里挂，即使自己感觉
内心流血，又怎样个说话？
谁能问这美丽的后面
是什么？赌博时，眼闪亮，
从不悔那猛上孤注的力量；
都说任何苦痛去换任何一分，
一毫，一个纤微的理想！

所以脚步此刻仍在迈进，

不能自已，不能停！虽然山中

一万种颜色，一万次的变，

各种寂寞已环抱着孤影；

热的减成微温，温的又冷，

焦黄叶压踏在脚下碎裂，

残酷地散排昨天的细屑，

心却仍不问脚步为甚固执，

那寻不着的梦中路线，——

仍依恋指不出方向的一边！

西山，我发誓地，指着西山，

别忘记，今天你，我，红叶，

连成这一片血色的伤怆！

知道我的日子仅是匆促的

几天， 如果明年你同红叶

再红成火焰，我却不见，……

深紫，你山头须要多添

一缕抑郁热情的象征，

记下我曾为这山中红叶，

今天流血地存一堆信念！

山中

紫色山头抱住红叶，将自己影射在山前，
人在小石桥上走过，渺小的追一点子想念。
高峰外云在深蓝天里镶白银色的光转，
用不着桥下黄叶，人在泉边，才记起夏天！

也不因一个人孤独的走路，路更蜿蜒，
短白墙房舍像画，仍画在山坳另一面，
只这丹红集叶替代人记忆失落的层翠，
深浅团抱这同一个山头，惆怅如薄层烟。

山中斜长条青影，如今红萝乱在四面，
百万落叶火焰在寻觅山石荆草边，
当时黄月下共坐天真的青年人情话，相信
那三两句长短，星子般仍挂秋风里不变。

一九三六年秋

静坐

冬有冬的来意，

寒冷像花，——

花有花香，冬有回忆一把。

一条枯枝影，青烟色的瘦细，

在午后的窗前拖过一笔画；

寒里日光淡了，渐斜……

就是那样地

像待客人说话

我在静沉中默啜着茶。

二十五年冬十一月

十月独行

像个灵魂失落在街边，
我望着十月天上十月的脸，
我向雾里黑影上涂热情
悄悄的看一团流动的月圆。

我也看人流着流着过去来回
黑影中冲着波浪翻星点
我数桥上栏杆龙样头尾
像坐一条寂寞船，自己拉纤。

我像哭，像自语，我更自己抱歉！
自己焦心，同情，一把心紧似琴弦，——
我说哑的，哑的琴我知道，一出曲子
未唱，幻望的手指终未来在上面？

时间

人间的季候永远不断在转变

春时你留下多处残红，翩然辞别，

本不想回来时同谁叹息秋天！

现在连秋云黄叶又已失落去

辽远里，剩下灰色的长空一片

透彻的寂寞，你忍听冷风独语？

古城春景

时代把握不住时代自己的烦恼，——
轻率的不满，就不叫它这时代牢骚——
偏又流成愤怨，聚一堆黑色的浓烟
喷出烟囱，那矗立的新观念，在古城楼对面！

怪得这嫩灰色一片，带疑问的春天
要泥黄色风沙，顺着白洋灰街沿，
再低着头去寻觅那已失落了的浪漫
到蓝布棉帘子，万字栏杆，仍上老店铺门槛？
寻去，不必有新奇的新发现，旧有保障
即使古老些，需要翡翠色甘蔗做拐杖
来支撑城墙下小果摊，那红鲜的冰糖葫芦[1]
仍然光耀，串串如同旧珊瑚，还不怕新时代的尘土。

                              二十六年春　北平

1 北平称山楂做红果，称插在竹签上糖山楂做"冰糖葫芦"。——作者注

前后

河上不沉默的船

载着人过去了；

桥——三环洞的桥基，

上面再添了足迹；

早晨，

早又到了黄昏，

这赓续

绵长的路……

不能问谁

想望的终点，——

没有终点

这前面。

背后，

历史是片累赘！

去春

不过是去年的春天，花香，
红白的相间着一条小曲径，
在今天这苍白的下午，再一次登山
回头看，小山前一片松风
就吹成长长的距离，在自己身旁。

人去时，孔雀绿的园门，白丁香花，
相伴着动人的细致，在此时，
又一次湖水将解的季候，已全变了画。
时间里悬挂，迎面阳光不来，
就是来了也是斜抹一行沉寂记忆，树下。

除夕看花[1]

新从嘈杂着异乡口调的花市上买来，
碧桃雪白的长枝，同红血般的山茶花。
着自己小角隅再用精致鲜艳来结采，
不为着锐的伤感，仅是钝的还有剩余下！

明知道房里的静定，像弄错了季节，
气氛中故乡失得更远些，时间倒着悬挂；
过年也不像过年，看出灯笼在燃烧着点点血，
帘垂花下已记不起旧时热情、旧日的话。

如果心头再旋转着熟识旧时的芳菲，
模糊如条小径越过无数道篱笆，
纷纭的花叶枝条，草看弄得人昏迷，
今日的脚步，再不甘重踏上前时的泥沙。

月色已冻住，指着各处山头，河水更零乱，
关心的是马蹄平原上辛苦，无响在刻画，

---

1 本诗发表时作者署名：灰因。

除夕的花已不是花，仅一句言语梗在这里，

抖战着千万人的忧患，每个心头上牵挂。

人间四月天·林徽因卷

给秋天[1]

正与生命里一切相同，
我们爱得太是匆匆；
好像只是昨天，
你还在我的窗前！

笑脸向着晴空
你的林叶笑声里染红
你把黄光当金子般散开
稚气，豪侈，你没有悲哀。

你的红叶是亲切的牵绊，那零乱
每早必来缠住我的晨光。
我也吻你，不顾你的背影隔过玻璃！
你常淘气的闪过，却不对我忸怩。

可是我爱的多么疯狂，
竟未觉察凄厉的夜晚

1 本诗及下面两首诗《人生》《展缓》，曾以《诗（三
首）》为题，同时发表在 1947 年 5 月 4 日《大公报·文
艺副刊》上。

已在你背后尾随，——

等候着把你残忍的摧毁！

一夜呼号的风声

果然没有把我惊醒

等到太晚的那个早晨

啊。天！你已经不见了踪影。

我苛刻的咒诅自己

但现在有谁走过这里

除却严冬铁样长脸

阴雾中，偶然一见。

人生

人生，
你是一支曲子，
我是歌唱的；

你是河流
我是条船，一片小白帆
我是个行旅者的时候，
你，田野，山林，峰峦。

无论怎样，
颠倒密切中牵连着
你和我，
我永从你中间经过；

我生存，
你是我生存的河道，
理由同力量。
你的存在

则是我胸前心跳里

五色的绚彩

但我们彼此交错

并未彼此留难。

…………

现在我死了，

你，——

我把你再交给他人负担！

展缓

当所有的情感

都并入一股哀怨

如小河，大河，汇向着

无边的大海，——不论

怎么冲急，怎样盘旋，——

那河上劲风，大小石卵，

所做成的几处逆流

小小港湾，就如同

那生命中，无意的宁静

避开了主流；情绪的

平波越出了悲愁。

停吧，这奔驰的血液；

它们不必全然废驰的

都去造成眼泪。

不妨多几次辗转，溯回流水，

任凭眼前这一切缭乱，

这所有，去建筑逻辑。

把绝望的结论，稍稍

迟缓；拖延时间，——

拖延理智的判断，——

会再给纯情感一种希望！

人间四月天·林徽因卷

昆明即景

一　茶铺

这是立体的构画，
　　描在这里许多样脸
在顺城脚的茶铺里
　　隐隐起喧腾声一片。

各种的姿势，生活
　　刻划着不同方面：
茶座上全坐满了，笑的，
　　皱眉的，有的抽着旱烟。

老的，慈祥的面纹，
　　年轻的，灵活的眼睛，
都暂要时间在茶杯上
　　停住，不再去扰乱心情！

一天一整串辛苦，
　　此刻才赚回小把安静，

夜晚回家，还有远路，

　　白天，谁有工夫闲看云影?

不都为着真的口渴，

　　四面窗开着，喝茶，

跷起膝盖的是疲乏，

　　赤着臂膀好同乡邻闲话。

也为了放下扁担同肩背

　　向运命喘息，倚着墙，

每晚靠这一碗茶的生趣

　　幽默估量生的短长……

这是立体的构画，

　　设色在小生活旁边，

荫凉南瓜棚下茶铺，

　　热闹照样的又过了一天!

二　小楼

张大爹临街的矮楼[1]，

半藏着，半挺着，立在街头，

瓦覆着它，窗开一条缝，

夕阳染红它，如写下古远的梦。

矮檐上长点草，也结过小瓜，

破石子路在楼前，无人种花，

是老坛子，瓦罐，大小的相伴；

尘垢列出许多风趣的零乱。

但张大爹走过，不吟咏它好；

大爹自己（上年纪了）不相信古老。

他拐着杖常到隔壁沽酒，

宁愿过桥，土堤去看新柳！

1 在初稿中此句原为"那上七下八临街的矮楼"，昆明旧
　式民居典型制式为底楼高八尺，二层高七尺。

一串疯话

好比这树丁香，几枝山红杏，
相信我的心里留着有一串话，
绕着许多叶子，青青的沉静，
风露日夜，只盼五月来开开花！

如果你是五月，八百里为我吹开
蓝空上霞彩，那样子来了春天，
忘掉腼腆，我定要转过脸来，
把一串疯话全说在你的面前！

小诗[1]

之一

感谢生命的讽刺嘲弄着我,
会唱的喉咙哑成了无言的歌。
一片轻纱似的情绪,本是空灵,
现时上面全打着拙笨补丁。

肩头上先是挑起两担云彩,
带着光辉要在从容天空里安排;
如今黑压压沉下现实的真相,
灵魂同饥饿的脊梁将一起压断!

我不敢问生命现在人该当如何
喘气! 经验已如旧鞋底的穿破,
这纷歧道路上,石子和泥土模糊,
还是赤脚方便,去认取新的辛苦。

1　1947年写于北平。——梁从诫注
　　《小诗》《恶劣的心绪》《写给我的大姊》《一天》
　　《对残枝》《对北门街园子》《十一月的小村》及《忧
　　郁》等九首写于不同时间和地点的诗,曾以《病中杂诗
　　(九首)》为题,同时发表在 1948 年 5 月《文学杂志》
　　第2卷第12期上。

之二

小蚌壳里有所有的颜色；

整一条虹藏在里面。

绚彩的存在是他的秘密，

外面没有夕阳，也不见雨点。

黑夜天空上只一片渺茫；

整宇宙星斗那里闪亮，

远距离光明如无边海面，

是每小粒晶莹，给了你方向。

恶劣的心绪

我病中，这样缠住忧虑和烦扰，
好像西北冷风，从沙漠荒原吹起，
逐步吹入黄昏街头巷尾的垃圾堆；
在霉腐的琐屑里寻讨安慰，
自己在万物消耗以后的残骸中惊骇，
又一点一点给别人扬起可怕的尘埃！

吹散记忆正如陈旧的报纸飘在各处彷徨，
破碎支离的记录只颠倒提示过去的骚乱。
多余的理性还像一只饥饿的野狗
那样追着空罐同肉骨，自己寂寞的追着
咬嚼人类的感伤；生活是什么都还说不上来，
摆在眼前的已是这许多渣滓！

我希望：风停了；今晚情绪能像一场小雪，
沉默的白色轻轻降落地上；
雪花每片对自己和他人都带一星耐性的仁慈，
一层一层把恶劣残破和痛苦的一起掩藏；
在美丽明早的晨光下，焦心暂不必再有，——
绝望要来时，索性是雪后残酷的寒流！

三十六年十二月病中动手术前

写给我的大姊[1]

当我去了，还有没说完的话，
好像客人去后杯里留下的茶；
说的时候，同喝的机会，都已错过，
主客黯然，可不必再去惋惜它。
如果有点感伤，你把脸掉向窗外，
落日将尽时，西天上，总还留有晚霞。

一切小小的留恋算不得罪过，
将尽未尽的衷曲也是常情。
你原谅我有一堆心绪上的闪躲，
黄昏时承认的，否认等不到天明；
有些话自己也还不曾说透，
他人的了解是来自直觉的会心。

当我去了，还有没说完的话，
像钟敲过后，时间在悬空里暂挂，
你有理由等待更美好的继续；
对忽然的终止，你有理由惧怕。

1 1947年写于北平。——梁从诫注

但原谅吧，我的话语永远不能完全，

亘古到今情感的矛盾做成了嘶哑。

一天

今天十二个钟头，

是我十二个客人，

每一个来了，又走了，

最后夕阳拖着影子也走了！

我没有时间盘问我自己胸怀，

黄昏却蹑着脚，好奇的偷着进来！

我说：朋友，这次我可不对你诉说啊，

每次说了，伤我一点骄傲。

黄昏黯然，无言的走开，

孤单的，沉默的，我投入夜的怀抱！

三十一年春李庄

对残枝[1]

梅花你这些残了后的枝条，
是你无法诉说的哀愁！
今晚这一阵雨点落过以后，
我关上窗子又要同你分手。

但我幻想夜色安慰你伤心，
下弦月照白了你，最是同情，
我睡了，我的诗记下你的温柔，
你不妨安心放芽去做成绿荫。

1 1946年写于昆明。——梁从诫注

对北门街园子[1]

别说你寂寞；大树拱立，
草花烂漫，一个园子永远
睡着；没有脚步的走响。

你树梢盘着飞鸟，每早云天
吻你额前，每晚你留下对话
正是西山最好的夕阳。

1 1946年写于昆明。——梁从诫注

十一月的小村

我想象我在轻轻的独语：

十一月的小村外是怎样个去处？

是这渺茫江边淡泊的天；

是这映红了的叶子疏疏隔着雾；

是乡愁，是这许多说不出的寂寞；

还是这条独自转折来去的山路？

是村子迷惘了，绕出一丝丝青烟；

是那白沙一片篁竹围着的茅屋？

是枯柴爆裂着灶火的声响，

是童子缩颈落叶林中的歌唱？

是老农随着耕牛，远远过去，

还是那坡边零落在吃草的牛羊？

是什么做成这十一月的心，

十一月的灵魂又是谁的病？

山坳子叫我立住的仅是一面黄土墙；

下午透过云霾那点子太阳！

一棵野藤绊住一角老墙头，斜睨

两根青石架起的大门，倒在路旁

无论我坐着，我又走开，

我都一样心跳；我的心前

虽然烦乱，总像绕着许多云彩，

但寂寂一湾水田，这几处荒坟，

它们永说不清谁是这一切主宰

我折一根柱枝，看下午最长的日影

要等待十一月的回答微风中吹来。

三十三年初冬　李庄

忧郁[1]

忧郁自然不是你的朋友；

但也不是你的敌人，你对他不能冤屈！

他是你强硬的债主，你呢？是

把自己灵魂押给他的赌徒。

你曾那样拿理想赌博，不幸

你输了；放下精神最后保留的田产，

最有价值的衣裳，然后一切你都

赔上，连自己的情绪和信仰，那不是自然？

你的债权人他是，那么，别尽问他脸貌

到底怎样！呀天，你如果一定要看清

今晚这里有盏小灯，灯下你无妨同他

面对面，你是这样的绝望，他是这样无情！

1 1944年写于李庄。——梁从诫注

哭三弟恒

——三十年[1] 空战阵亡

弟弟，我没有适合时代的语言
来哀悼你的死；
它是时代向你的要求，
简单的，你给了。
这冷酷简单的壮烈是时代的诗
这沉默的光荣是你。

假使在这不可免的真实上
多给了悲哀，我想呼喊，
那是——你自己也明了——
因为你走得太早，
太早了，弟弟，难为你的勇敢，
机械的落伍，你的机会太惨！

三年了，你阵亡在成都上空，
这三年的时间所做成的不同，
如果我向你说来，你别悲伤，

1 指民国三十年，也即1941年。

因为多半不是我们老国，

而是他人在时代中辗动，

我们灵魂流血，炸成了窟窿。

我们已有了盟友、物资同军火，

正是你所曾经希望过。

我记得，记得当时我怎样同你

讨论又讨论，点算又点算，

每一天你是那样耐性的等着，

每天却空的过去，慢得像骆驼！

现在驱逐机已非当日你最理想

驾驶的"老鹰式七五"那样——

那样笨，那样慢，啊，弟弟不要伤心，

你已做到你们所能做的，

别说是谁误了你，是时代无法衡量，

中国还要上前，黑夜在等天亮。

弟弟，我已用这许多不美丽言语

算是诗来追悼你，

要相信我的心多苦，喉咙多哑，

你永不会回来了，我知道，

青年的热血做了科学的代替；

中国的悲怆永沉在我的心底。

啊，你别难过，难过了我给不出安慰。

我曾每日那样想过了几回：

你已给了你所有的，同你去的弟兄

也是一样，献出你们的生命；

已有的年轻一切；将来还有的机会，

可能的壮年工作，老年的智慧；

可能的情爱，家庭，儿女，及那所有

生的权利，喜悦；及生的纠纷！

你们给的真多，都为了谁？你相信

今后中国多少人的幸福要在

你的前头，比自己要紧；那不朽

中国的历史，还需要在世上永久。

你相信，你也做了，最后一切你交出。

我既完全明白，为何我还为着你哭？

只因你是个孩子却没有留什么给自己，

小时我盼着你的幸福，战时你的安全，

今天你没有儿女牵挂需要抚恤同安慰，

而万千国人像已忘掉，你死是为了谁！

三十三年　李庄

我们的雄鸡

我们的雄鸡从没有以为

自己是孔雀

自信他们鸡冠已够他

仰着头漫步——

一个院子他绕上了一遍

仪表风姿

都在群雌的面前！

我们的雄鸡从没有以为

自己是首领

晓色里他只扬起他的呼声

这呼声叫醒了别人

他经济地保留这种叫喊

（保留那规则）

于是便象征了时间！

一九四八年二月十八日 清华

孤岛[1]

遥望它是充满画意的山峰

远立在河心里高傲的凌耸

可怜它只是不幸的孤岛，——

天然没有埂堤，人工没搭座虹桥。

他同他的映影永为周围的水的囚犯；

陆地于它，是达不到的希望！

早晚寂寞它常将小舟挽住！

风雨时节任江雾把自己隐去。

晴天它挺着小塔，玲珑独对云心；

盘盘石阶，由钟声松林中，超出安静。

特殊的轮廓它苦心孤诣做成，

漠漠大地又哪里去找一点同情？

1 这首诗和后面的《死是安慰》原载1947年1月4日《益世
　报·文学周刊》。此前所有林徽因作品选集，包括1999
　年2月百花文艺出版社出版、林徽因之子梁从诫选编的
　《林徽因文集》，均漏收了这两首诗。与诗人其他作品
　相比，此二诗中更多地传达出一种孤独、感伤的情绪，
　仿佛让我们看到了一代才女在肺病折磨下、死亡威胁中
　痛苦呻吟的一颗灵魂。

死是安慰

个个连环，永不打开，
生是个结，又是个结！
死的实在，一朵云彩。

一根绳索，永远牵住，
生是张风筝，难得飘远，
死是江雾，迷茫飞去？

长条旅程，永在中途，
生是串脚步，泥般沉重，
死是尽处，不再辛苦。

一曲溪涧，日夜流水，
生是种奔逝，永在离别！
死只一回，它是安慰。

附录

徐志摩致林徽因

一[1]

　　我真不知道我要说的是甚么话，我已经好几次提起笔来想写，但是每次总是写不成篇。这两日我的头脑是昏沉沉的，开着眼闭着眼却只见大前晚模糊的月色，照着我们不愿意的车辆，迟迟的向荒野里退缩。离别！怎么的能叫人相信？我想着了就要发疯。这么多的丝，谁能割得断？我的眼前又黑了……

一九二四年，五月二十日

1 此信存徐志摩朋友，英国人恩厚之（L.K.Elmhirst）处，恩厚之曾任泰戈尔秘书，1923~1924年间为泰戈尔访华一事几次来中国。据恩厚之回忆，1924年5月20日，林徽因在北京站送泰戈尔一行去太原，徐志摩在车厢内匆匆写信，还未写完，火车已开，也来不及交给林徽因。恩厚之看他伤感，就把这封信抢过来收在自己皮包中，以后一直由他保存着。首次发表在1983年4月，台北远景出版公司初版《且道阴晴圆缺》中《一段哀情——徐志摩与林徽因》一文里，作者梁锡华。

二[2]

徽音：

　　我愁望着云泞的天和泥泞的地，直担心你们上山[3]一路平安。到山上大家都安好否？我在记念。

　　我回家累得直挺在床上，像死人——也不知哪来的累，适之在午饭时说笑话，我照例照规矩把笑放上嘴边，但那笑仿佛离嘴有半尺来远，脸上的皮肉像是经过风腊，再不能活动！

　　下午忽然诗兴发作，不断的抽着烟，茶倒空了两壶，在两小时内，居然诌得一首。哲学家[4]上来看见，端详了十多分钟，然后正色的说"It is one of your very best."[5]但哲学家关于美术作品只往往挑错的东西来夸，因而，我还不敢自信，现在抄了去请教女诗人，敬求指正！

　　雨下得凶，电话电灯会断。我讨得半根蜡，匐伏在桌上胡乱写。上次扭筋的脚有些生痛。一躺平眼睛发跳，全身的脉搏都似乎分明的觉得。再有两天如此，一定病倒——但希望天可以放晴。

2 此信写作时间为1931年7月7日。
3 指北京香山。1931年夏，林徽因全家曾到香山静宜园双清小住。由此可以推断，徐诗及信写于1931年。
4 指金岳霖。
5 意即：这是你最好的诗之一。

思成恐怕也有些着凉，我保荐喝一大碗姜糖汤，妙药也！宝宝老太[6]都还高兴否？我还牵记你家矮墙[7]上的艳阳。此去归来时难说定，敬祝山中人"神仙生活"，快乐康强！

脚疼人

洋郎牵（洋）牛渡（洋）河夜

你去

你去，我也走，我们在此分手；

你上那一条大路，你放心走，

你看那街灯一直亮到天边，

你只消跟从这光明的直线！

你先走，我站在此地望着你：

放轻些脚步，别教灰土扬起，

我要认清你远去的身影，

直到距离使我认你不分明。

再不然，我就叫响你的名字，

---

6 指林徽因的女儿和母亲。

7 应指林徽因双清住处的围墙。

不断的提醒你，有我在这里，

为消解荒街与深晚的荒凉，

目送你归去……

　　　　不，我自有主张，

你不必为我忧虑；你走大路，

我进这条小巷。你看那株树，

高抵着天，我走到那边转弯，

再过去是一片荒野的凌乱；

有深潭，有浅洼，半亮着止水，

在夜芒中像是纷披的眼泪；

有乱石，有钩刺胫踝的蔓草，

在守候过路人疏神时绊倒，

但你不必焦心，我有的是胆，

凶险的途程不能使我心寒。

等你走远，我就大步的向前，

这荒野有的是夜露的清鲜；

也不愁愁云深裹，但求风动，

云海里便波涌星斗的流泺；

更何况永远照彻我的心底，

有那颗不夜的明珠，我爱——你！

七月七日

悼志摩[1]

/林徽因

　　十一月十九日我们的好朋友，许多人都爱戴的新诗人，徐志摩突兀的，不可信的，惨酷的，在飞机上遇险而死去。这消息在二十日的早上像一根针刺猛触到许多朋友的心上，顿使那一早的天墨一般地昏黑，哀恸的呜哽锁住每一个人的嗓子。

　　志摩……死……谁曾将这两个句子联在一处想过！他是那样活泼的一个人，那样刚刚站在壮年的顶峰上的一个人。朋友们常常惊讶他的活动，他那像小孩般的精神和认真，谁又会想到他死?

　　突然的，他闯出我们这共同的世界，沉入永远的静寂，不给我们一点预告，一点准备，或是一个最后希望的余地。这种几乎近于忍心的决绝，那一天不知震麻了多少朋友的心? 现在那不能否认的事实，仍然无情地挡住我们前面。任凭我们多苦楚的哀悼他的惨死，多迫切的希冀能够仍然接触到他原来的音容，事实是不会为体贴我

1 原载1931年12月7日《北平晨报》9版"北晨学园哀悼志
　摩专号"。

们这悲念而有些须更改；而他也再不会为不忍我们这份悼而有些须活动的可能！这难堪的永远静寂和消沉便是死的最残酷处。

我们不迷信的，没有宗教地望着这死的帏幕，更是丝毫没有把握。张开口我们不会呼吁，闭上眼不会入梦，徘徊在理智和情感的边沿，我们不能预期后会，对这死，我们只是永远发怔，吞咽枯涩的泪；待时间来剥削这哀恸的尖锐，痂结我们每次悲悼的创伤。那一天下午初得到消息的许多朋友不是全跑到胡适之先生家里么？但是除却拭泪相对，默然围坐外，谁也没有主意，谁也不知有什么话说，对这死！

谁也没有主意，谁也没有话说！事实不容我们安插任何的希望，情感不容我们不伤悼这突兀的不幸，理智又不容我们有超自然的幻想！默然相对，默然围坐……而志摩则仍是死去没有回头，没有音讯，永远地不会回头，永远地不会再有音讯。

我们中间没有绝对信命运之说的，但是对着这不测的人生，谁不感到惊异，对着那许多事实的痕迹又如何不感到人力的脆弱，智慧的有限。世事尽有定数？世事尽是偶然？对这永远的疑问我们什么时候能有完全的把握？

在我们前边展开的只是一堆坚质的事实：

"是的，他十九晨有电报来给我……

"十九早晨，是的！说下午三点准到南苑，派车接……

"电报是九时从南京飞机场发出的……

"该是他开始飞行以后所发……

"派车接去了，等到四点半……说飞机没有到……

"没有到……航空公司说济南有雾……很大……"只是一个钟头的差别；下午三时到南苑，济南有雾！谁相信就是这一个钟头中便可以有这么不同事实的发生，志摩，我的朋友！

他离平的前一晚我仍见到，那时候他还不知道他次晨南旅的，飞机改期过三次，他曾说如果再改下去，他便不走了的。我和他同由一个茶会出来，在总布胡同口分手。在这茶会里我们请的是为太平洋会议来的一个柏雷博士，因为他是志摩生平最爱慕的女作家曼殊斐儿的姊丈，志摩十分的殷勤；希望可以再从柏雷口中得些关于曼殊斐儿早年的影子，只因限于时间，我们茶后匆匆地便散了。晚上我有约会出去了，回来时很晚，听差说他又来过，适遇我们夫妇刚走，他自己坐了一会儿，喝了一壶茶，在桌上写了些字便走了。我到桌上一看：——

"定明早六时飞行，此去存亡不卜……"我怔住了，心中一阵不痛快，却忙给他一个电话。

"你放心。"他说，"很稳当的，我还要留着生命看更伟大的事迹呢，哪能便死？……"

话虽是这样说，他却是已经死了整两周了！

凡是志摩的朋友，我相信全懂得，死去他这样一个朋友是怎么一回事！

现在这事实一天比一天更结实，更固定，更不容否认。志摩是死了，这个简单惨酷的实际早又添上时间的色彩，一周，两周，一直的增长下去……

我不该在这里语无伦次的尽管呻吟我们做朋友的悲哀情绪。归根说，读者抱着我们文字看，也就是像志摩的请柏雷一样，要从我们口里再听到关于志摩的一些事。这个我明白，只怕我不能使你们满意，因为关于他的事，动听的，使青年人知道这里有个不可多得的人格存在的，实在太多，决不是几千字可以表达得完。谁也得承认像他这样的一个人世间便不轻易有几个的，无论在中国或是外国。

我认得他，今年整十年，那时候他在伦敦经济学院，尚未去康桥。我初次遇到他，也就是他初次认识到影响他迁学的狄更生先生。不用说他和我父亲最谈得来,虽然他们年岁上差别不算少,一见面之后便互相引为知己。他到康桥之后由狄更生介绍进了皇家学院,当时和他同学的有我姊丈温君源宁。一直到最近两月中源宁还常在说他当时的许多笑话,虽然说是笑话,那也是他对志摩最早的一个惊异的印象。志摩认真的诗情,绝不含有丝毫矫伪,他那种痴,那种孩子似的天真实能令人惊讶。源宁说,有一天他在校舍里读书,外边下了倾盆大雨——惟是英伦那样的岛国才有的狂雨——忽然他听到有人猛敲他的房门,外边跳进一个被雨水淋得全湿的客人。不用说他便是志摩,一进门一把扯着源宁向外跑,说快来我们到桥上去等着。这一来把源宁怔住了,他问志摩等什么在这大雨里。志摩睁大了眼睛,孩子似的高兴地说"看雨后的虹去"。源宁不止说他不去,并且劝志摩趁早将湿透的衣服换下,再穿上雨衣出去,英国的湿气岂是儿戏,志摩不等他说完,一溜烟地自己跑了!

以后我好奇地曾问过志摩这故事的真确,他笑着点头承认这全段故事的真实。我问:那么下文呢,你立在桥上等了多久,并且看到虹了没有?他说记不清但是他居然看到了虹。我诧异地打断他对那虹的描写，问他：怎么他便知道，准会有虹的。他得意地笑答我说："完全诗意的信仰！"

"完全诗意的信仰"，我可要在这里哭了！也就是为这"诗意的信仰"他硬要借航空的方便达到他"想飞"的宿愿！"飞机是很稳当的"他说，"如果要出事那是我的运命！"他真对运命这样完全诗意的信仰！

志摩我的朋友，死本来也不过是一个新的旅程，我们没有到过的，不免过分地怀疑，死不定就比这生苦，"我们不能轻易断定那一边没有阳光与人情的温慰"，但是我前边说过最难堪的是这永远的静寂。我们生在这没有宗教的时代，对这死实在太没有把握了。这以后许多思念你的日子，怕要全是昏暗的苦楚，不会有一点点光明，除非我也有你那美丽的诗意的信仰！

我个人的悲绪不竟又来扰乱我对他生前许多清晰的回忆，朋友们原谅。

诗人的志摩用不着我来多说，他那许多诗文便是估价他的天平。我们新诗的历史才是这样的短，恐怕他的判断人尚在我们儿孙辈的中间。我要谈的是诗人之外的志摩。人家说志摩的为人只是不经意的浪漫，志摩的诗全是抒情诗，这断语从不认识他的人听来可以说很公平，从他朋友们看来实在是对不起他。志摩是个很古怪的人，浪漫固然，但他人格里最精华的却是他对人的同情，和蔼和优容；没有一个人他对他不和蔼，没有一种人，他不能优容，没有一种的情感，他绝对地不能表同情。我不说了解，因为不是许多人爱说志摩最不解人情么？我说他的特点也就在这上头。

我们寻常人就爱说了解；能了解的我们便同情，不了解的我们便很落漠乃至于酷刻。表同情于我们能了解的，我们以为很适当；不表同情于我们不能了解的，我们也认为很公平。志摩则不然，了解与不了解，他并没有过分地夸张，他只知道温存，和平，体贴，只要他知道有情感的存在，无论出自何人，在何等情况之下，他理智上认为适当与否，他全能表几分同情，他真能体会原谅他人与他自己不相同处。从不会刻薄地单支出严格的迫仄的道德的天平指谪凡是与他不同的人。他这样的温和，这样的优容，真能使许多人惭愧，我可以忠实地说，至少他要比我们多数的人伟大许多；他觉得人类各种的情感动作全有它不同的价值，放大了的人类的眼光，同情是不该只限于我们划定的范围内。他是对的，朋友们，归根说，我们能够懂得几个人，了解几桩事，几种情感？哪一桩事，哪一个人没有多面的看法！为此说来志摩朋友之多，不是个可怪的事；凡是认得他的人不论深浅对他全有特殊的感情，也是极自然的结果。而反过来看他自己在他一生的过程中却是很少得着同情的。不止如是，他还曾为他的一点理想的愚诚几次几乎不见容于社会。但是他却未曾为这个而鄙吝他给他人的同情心，他的性情，不曾为受了刺激而转变刻薄暴戾过，谁能不承认他几有超人的宽量。

志摩的最动人的特点，是他那不可信的纯净的天真，对他的理想的愚诚，对艺术欣赏的认真，体会情感的切实，全是难能可贵到极点。他站在雨中等虹，他甘冒社会的大不韪争他的恋爱自由；他坐曲折的火车到乡间去拜哈代，他抛弃博士一类的引诱卷了书包到英国，只为要拜罗素做老师，他为了一种特异的境遇，一时特异的感动，从此在生命途中冒险，从此抛弃所有的旧业，只是尝试写几行新诗——这几年新诗尝试的运命并不太令人踊跃，冷嘲热骂只是家常便饭——他常能走几里路去采几茎花，费许多周折去看一个朋友说两句话；这些，还有许多，都不是我们寻常能够轻易了解的神秘。我说神秘，其

实竟许是傻，是痴！事实上他只是比我们认真，
虔诚到傻气，到痴！他愉快起来他的快乐的翅膀
可以碰得到天，他忧伤起来，他的悲戚是深得没
有底。寻常评价的衡量在他手里失了效用，利害
轻重他自有他的看法，纯是艺术的情感的脱离寻
常的原则，所以往常人常听到朋友们说到他总爱
带着嗟叹的口吻说："那是志摩，你又有什么法
子！"他真的是个怪人么？朋友们，不，一点都
不是，他只是比我们近情，近理，比我们热诚，
比我们天真，比我们对万物都更有信仰，对神，
对人，对灵，对自然，对艺术！

朋友们，我们失掉的不止是一个朋友，一个
诗人，我们丢掉的是个极难得可爱的人格。

至于他的作品全是抒情的么？他的兴趣只限
于情感么？更是不对。志摩的兴趣是极广泛的。
就有几件，说起来，不认得他的人便要奇怪。他
早年很爱数学，他始终极喜欢天文，他对天上星
宿的名字和部位就认得很多，最喜暑夜观星，好
几次他坐火车都是带着关于宇宙的科学的书。他
曾经译过爱因斯坦的相对论，并且在一九二二年
便写过一篇关于相对论的东西登在《民铎》杂志
上。他常向思成说笑："任公先生的相对论的知
识还是从我徐君志摩大作上得来的呢，因为他说

他看过许多关于爱因斯坦的哲学都未曾看懂，看到志摩的那篇才懂了。"今夏我在香山养病，他常来闲谈，有一天谈到他幼年上学的经过和美国克莱克大学两年学经济学的景况，我们不禁对笑了半天，后来他在他的《猛虎集》的"序"里也说了那么一段。可是奇怪的！他不像许多天才，幼年里上学，不是不及格，便是被斥退，他是常得优等的，听说有一次康乃尔暑校里一个极严的经济教授还写了信去克莱克大学教授那里恭维他的学生，关于一门很难的功课。我不是为志摩在这里夸张，因为事实上只有为了这桩事，今夏志摩自己便笑得不亦乐乎！

此外他的兴趣对于戏剧绘画都极深浓，戏剧不用说，与诗文是那么接近，他领略绘画的天才也颇可观，后期印象派的几个画家，他都有极精密的爱恶，对于文艺复兴时代那几位，他也很熟悉，他最爱鲍蒂切利和达文骞²。自然他也常承认文人喜画常是间接地受了别人论文的影响，他的，就受了法兰（Roger Fry）³和斐德（Walter Pater）⁴的不少。对于建筑审美他常常对思成和我

---

2 现通译为"波提切利"和"达·芬奇"。
3 现通译为"罗杰·弗莱"，英国著名艺术史家和美学家。
4 现通译为"沃尔特·佩特"，英国著名文艺批评家、作家。

道歉说："太对不起，我的建筑常识全是Ruskins⁵那一套。"他知道我们是最讨厌Ruskins的。但是为看一个古建的残址，一块石刻，他比任何人都热心，都更能静心领略。

他喜欢色彩，虽然他自己不会作画，暑假里他曾从杭州给我几封信，他自己叫它们做"描写的水彩画"，他用英文极细致地写出西（边？）桑田的颜色，每一分嫩绿，每一色鹅黄，他都仔细地观察到。又有一次他望着我园里一带断墙半晌不语，过后他告诉我说，他正在默默体会，想要描写那墙上向晚的艳阳和刚刚入秋的藤萝。

对于音乐，中西的他都爱好，不止爱好，他那种热心便唤醒过北京一次——也许唯一的一次——对音乐的注意。谁也忘不了那一年，克拉斯拉到北京在"真光"拉一个多钟头的提琴。⁶对旧剧他也得算"在行"，他最后在北京那几天我们曾接连地同去听好几出戏，回家时我们讨论的热闹，比任何剧评都诚恳都起劲。

谁相信这样的一个人，这样忠实于"生"的一个人，会这样早地永远地离开我们另投一个世

373
附
录

5 应该是指英国作家、批评家John Roskin（约翰·罗斯金）。他著有《建筑的七盏灯》等重要作品。
6 指美籍小提琴家Fritz Kreisler，"真光"指真光电影院，现儿童剧院。

界，永远地静寂下去，不再透些须声息！

我不敢再往下写，志摩若是有灵听到比他年轻许多的一个小朋友拿着老声老气的语调谈到他的为人不觉得不快么？这里我又来个极难堪的回忆，那一年他在这同一个的报纸上写了那篇伤我父亲惨故的文章，[7] 这梦幻似的人生转了几个弯，曾几何时，却轮到我在这风紧夜深里握吊他的惨变。这是什么人生？什么风涛？什么道路？志摩，你这最后的解脱未始不是幸福，不是聪明，我该当羡慕你才是。

1931年12月7日

7 指徐志摩1926年2月所作《伤双栝老人》一文。

纪念志摩去世四周年[1]

/林徽因

今天是你走脱这世界的四周年！朋友，我们这次拿什么来纪念你？前两次的用香花感伤地围上你的照片，抑住嗓子底下叹息和悲哽，朋友和朋友无聊地对望着，完成一种纪念的形式，俨然是愚蠢的失败。因为那时那种近于伤感，而又不够宗教庄严的举动，除却点明了你和我们中间的距离，生和死的间隔外，实在没有别的成效；几乎完全不能达到任何真实纪念的意义。

去年今日我意外地由浙南路过你的家乡，在昏沉的夜色里我独立火车门外，凝望着那幽暗的站台，默默地回忆许多不相连续的过往残片，直到生和死间居然幻成一片模糊，人生和火车似的蜿蜒一串疑问在苍茫间奔驰。我想起你的：

> 火车擒住轨，在黑夜里奔
>
> 过山，过水，过……

1 原载1935年12月8日《大公报·文艺副刊》56期"星期特刊"。

如果那时候我的眼泪曾不自主地溢出睫外，我知道你定会原谅我的。你应当相信我不会向悲哀投降，什么时候我都相信倔强的忠于生的，即使人生如你底下所说：

就凭那精窄的两道，算是轨，

驮着这份重，梦一般的累坠！

就在那时候我记得火车慢慢地由站台拖出，一程一程地前进，我也随着酸怆的诗意，那"车的呻吟"，"过荒野，过池塘，……过噤口的村庄。"到了第二站——我的一半家乡。

今年又轮到今天这一个日子！世界仍旧一团糟，多少地方是黑云布满着粗筋络往理想的反面猛进，我并不在瞎说，当我写：

信仰只一细炷香，

那点子亮再经不起西风

沙沙的隔着梧桐树吹

朋友，你自己说，如果是你现在坐在我这位子上，迎着这一窗太阳：眼看着菊花影在墙上描画作态；手臂下倚着两叠今早的报纸；耳朵里不时隐隐地听着朝阳门外"打靶"的枪弹声；意识的，潜意识的，要明白这生和死的谜，你又该写成怎样一首诗来，纪念一个死别的朋友？

此时，我却是完全的一个糊涂！习惯上我说，每桩事都像是造物的意旨，归根都是运命，但我明知道每桩事都有我们自己的影子在里面烙印着！我也知道每一个日子是多少机缘巧合凑拢来拼成的图案，但我也疑问其间的摆布谁是主宰。据我看来：死是悲剧的一章，生则更是一场悲剧的主干！我们这一群剧中的角色自身性格与性格矛盾；理智与情感两不相容；理想与现实当面冲突，侧面或反面激成悲哀。日子一天一天向前转，昨日和昨日堆垒起来混成一片不可避脱的背景，做成我们周遭的墙壁或气氛，那么结实又那么缥缈，使我们每一人站在每一天的每一个时候里都是那么主要，又是那么渺小无能为！

此刻我几乎找不出一句话来说，因为，真的，我只是个完全的糊涂；感到生和死一样的不可解，不可懂。

但是我却要告诉你，虽然四年了你脱离去我们这共同活动的世界，本身停掉参加牵引事体变迁的主力，可是谁也不能否认，你仍立在我们烟涛渺茫的背景里，间接地是一种力量，尤其是在文艺创造的努力和信仰方面。间接地你任凭自然的音韵，颜色，不时的风轻月白，人的无定律的一切情感，悠断悠续地仍然在我们中间继续着生，仍然与我们共同交织着这生的纠纷，继续着生的理想。你并不离我们太远。你的身影永远挂在这里那里，同你生前一样的飘忽，爱在人家不经意时莅止，带来勇气的笑声也总是那么嘹亮，还有，还有经过你热情或焦心苦吟的那些诗，一首一首仍串着许多人的心旋转。

说到你的诗，朋友，我正要正经的同你再说一些话。你不要不耐烦。这话迟早我们总要说清的。人说盖棺论定，前者早已成了事实，这后者在这四年中，说来叫人难受，我还未曾读到一篇中肯或诚实的论评，虽然对你的赞美和攻讦由你去世后一两周间，就纷纷开始了。但是他们每人手里拿的都不像纯文艺的天平；有的喜欢你的为人，有的疑问你私人的道德；有的单单尊崇你诗中所表现的思想哲学，有的仅喜爱那些软弱的细致的句子，有的每发议论必须牵涉到你的个人生活之合乎规矩方圆，或断言你是轻薄，或引证你是浮奢豪侈！朋友，我知道你从不介意过这些，许多人的浅陋老实或刻薄处你早就领略过一堆，你不止未曾生过气，并且常常表现怜悯同原谅；

你的心情永远是那么洁净；头老抬得那么高；胸中老是那么完整的诚挚；臂上老有那么许多不折不挠的勇气。但是现在的情形与以前却稍稍不同，你自己既已不在这里，做你朋友的，眼看着你被误解，曲解，乃至于谩骂，有时真忍不住替你不平。

但你可别误会我心眼儿窄，把不相干的看成重要，我也知道误解曲解谩骂，都是不相干的，但是朋友，我们谁都需要有人了解我们的时候，真了解了我们，即使是痛下针砭，骂着了我们的弱处错处，那整个的我们却因而更增添了意义，一个作家文艺的总成绩更需要一种就文论文，就艺术论艺术的和平判断。

你在《猛虎集》"序"中说"世界上再没有比写诗更惨的事"，你却并未说明为什么写诗是一桩惨事，现在让我来个注脚好不好？我看一个人一生为着一个愚诚的倾向，把所感受到的复杂的情绪尝味到的生活，放到自己的理想和信仰的锅炉里烧炼成几句悠扬铿锵的语言（哪怕是几声小唱），来满足他自己本能的艺术的冲动，这本来是个极寻常的事。哪一个地方哪一个时代，都不断有这种人。轮着做这种人的多半是为着他情感来的比寻常人浓富敏锐，而为着这情感而发生的冲动更是非实际的——或不全是实际的——追求，而需要那种艺术的满足而已。说起来写诗的人的动机多么简单可怜，正是如你"序"里所说"我们都是受支配的善良的生灵"！虽然有些诗人因为他们的成绩特别高厚广阔包括了多数人，或整个时代的艺术和思想的冲动，从此便在人间披上神秘的光圈，使"诗人"两字无形中挂着崇高的色彩。这样使一般努力于用韵文表现或描画人在自然万物相交错时的情绪思想的，便被人的成见看做夸大狂的旗帜，需要同时代人的极冷酷地讥讪和不信任来扑灭它，以挽救人类的尊严和健康。

我承认写诗是惨淡经营，孤立在人中挣扎的勾当，但是因为我知道太清楚了，你在这上面单纯的信仰和诚恳的尝试，为同业者奋斗，卫护他们的情感的愚诚，称扬他们艺术的创造，自己从未曾求过虚荣，我觉得你始终是很逍遥舒畅的。如你自己所说："满头血水"，你"仍不曾低头"，你自己相信"一点性灵还在那里挣扎"，"还想在实际生活的重重压迫下透出一些声响来"。

简单地说，朋友，你这写诗的动机是坦白不由自主的，你写诗的态度是诚实，勇敢而倔强的。这在讨论你诗的时候，谁都先得明了的。

至于你诗的技巧问题，艺术上的造诣，在这新诗仍在彷徨歧路的尝试期间，谁也不能坚决地论断，不过有一桩事我很想提醒现在讨论新诗的人，新诗之由于无条件无形制宽泛到几乎没有一定的定义时代，转入这讨论外形内容，以至于音节韵脚章句意象组织等艺术技巧问题的时期，即是根据着对这方面努力尝试过的那一些诗，你的头两个诗集子就是供给这些讨论见解最多材料的根据。外国的土话说"马总得放在马车的前面"不是？没有一些尝试的成绩放在那里，理论家是不能老在那里发一堆空头支票的，不是？

你自己一向不止在那里倔强地尝试用功，你还会用尽你所有活泼的热心鼓励别人尝试，鼓励"时代"起来尝试——这种工作是最犯风头嫌疑的，也只有你胆子大头皮硬顶得下来！我还记得你要印诗集子时，我替你捏一把汗，老实说还替你在有文采的老前辈中间难为情过，我也记得我初听到人家找你办《晨报副刊》时我的焦急，但你居然板起个脸抓起两把鼓槌子为文艺吹打开路乃至于扫地，铺鲜花，不顾旧势力的非难，新势力的怀疑，你干你的事"事有人为，做了再说"那股子劲，以后别处也还很少见。

　　现在你走了，这些事渐渐在人的记忆中模糊下来，你的诗和文章也散漫在各小本集子里，压在有极新鲜的封皮的新书后面，谁说起你来，不是马马糊糊地承认你是过去中一个势力，就是拿能够挑剔看轻你的诗为本事（散文人家很少提到，或许"散文家"没有诗人那么光荣，不值得注意），朋友，这是没法子的事，我却一点不为此灰心，因为我有我的信仰。

　　我认为我们这写诗的动机既如前面所说那么简单愚诚；因在某一时，或某一刻敏锐地接触到生活上的锋芒，或偶然地触遇到理想峰巅上云彩星霞，不由得不在我们所习惯的语言中，编缀出一两串近于音乐的句子来，慰藉自己，解放自己，去追求超实际的真美，读诗者的反应一定有一大半也和我们这写诗的一样诚实天真，仅想在我们句子中间由音乐性的愉悦，接触到一些生活的底蕴渗合着美丽的憧憬；把我们的情绪给他们的情绪搭起一座浮桥；把我们的灵感，给他们生活添些新鲜；把我们的痛苦伤心再揉成他们自己忧郁的安慰！

　　我们的作品会不会再长存下去，就看它们会不会活在那一些我们从来不认识的人，我们作品的读者，散在各时、各处互相不认识的孤单的人的心里的，这种事它自己有自己的定律，并不需要我们的关心的。你的诗据我所知道的，它们仍旧在这里浮沉流落，你的影子也就浓淡参差地系在那些诗句中，另一端印在许多不相识人的心里。朋友，你不要过于看轻这种间接的生存，许多热情的人他们会为着你的存在，而加增了生的意识的。伤心的仅是那些你最亲热的朋友们和同兴趣的努力者，你不在他们中间的事实，将要永远是个不能填补的空虚。

你走后大家就提议要为你设立一个"志摩奖金"来继续你鼓励人家努力诗文的素志，勉强象征你那种对于文艺创造拥护的热心，使不及认得你的青年人永远对你保存着亲热。如果这事你不觉到太寒伧不够热气，我希望你原谅你这些朋友们的苦心，在冥冥之中笑着给我们勇气来做这一些蠢诚的事吧。

二十四年十一月十九日，北平

《爱的教育》
湖南文艺出版社
ISBN：978-7-5404-4684-0/开本：32开/定价：25.00元

意大利政府官方授权名家权威版本　意大利原版完整插图
荣获意大利驻华使馆颁发的"意大利政府文化奖"
中华人民共和国教育部指定"中小学语文新课标课外阅读书目"
之一
联合国教科文组织推荐《世界各国青少年必读系列丛书》

《飞鸟集·新月集》
湖南文艺出版社
ISBN：978-7-5404-4724-3/开本：32开/定价：22.00元

每天读一句泰戈尔，忘却世上一切苦痛
首位荣获诺贝尔文学奖的东方诗哲、
"亚洲第一诗人"泰戈尔传世佳作
国家教育部推荐读物
世界上最杰出的诗集，成书九十二年传诵不衰

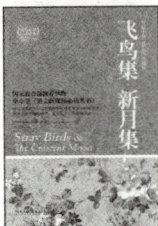

《假如给我三天光明》
湖南文艺出版社
开本：32开/定价：25.00元

人类意志力最伟大的典范作品
一本向光明、智慧、希望、仁爱引航的人生手册
世界文学史上无与伦比的杰作

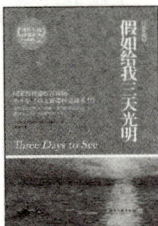

《再别康桥·人间四月天》
湖南文艺出版社
开本：32开/定价：25.00元

新月派代表诗人&民国第一才女　诗歌精选合集
穿越半个多世纪的心灵交会　值得一生珍藏的绝美诗篇

《城南旧事》
湖南文艺出版社
ISBN：978-7-80220-805-6/开本：32开/定价：25.00元

林海音作品权威完整版
国家教育部推荐读物，入选"二十世纪中文小说一百强"
五十年来最让人温暖的感动